Le génocide des cerveaux

Eliott Criffor

Prologue.

Samedi 1ᵉʳ février 2020. 20 h 00.

Depuis sa cuisine, la mère observait ses enfants qui jouaient dans le salon. *Il faut le faire,* se répéta-t-elle une énième fois.
Elle but une dernière gorgée de whisky, déposa le verre dans l'évier et en retira six autres du placard.
Flora Jung accomplissait le moindre geste avec la précision d'un robot. Un robot dont le programme informatique avait dû subir des centaines de modifications avant d'aboutir à sa version définitive.
Elle aligna les verres sur la table de la cuisine, saisit d'une main ferme une chaise qu'elle cala devant la grande armoire et monta sur l'assise pour atteindre le dessus du meuble, là où elle avait caché un flacon rempli d'un liquide jaunâtre.
Monsieur Eckkert entra alors dans la pièce.
Flora sursauta légèrement en s'apercevant de sa présence. Ce vieil homme ridé qu'elle avait tant respecté la terrorisait soudainement. Elle venait d'apprendre que les dirigeants de Résali – organisation néo-nationale-socialiste à laquelle elle avait consacré toute sa vie – étaient des imposteurs, et les adeptes, des dupés.
Elle descendit de la chaise.
– Vous aviez passé la porte, fit-elle, pourquoi êtes-vous revenu ?
– J'avais oublié dans ma voiture le jeu de cartes que j'avais promis de leur offrir.
Flora lui adressa un sourire hypocrite de reconnaissance.
– Vous pouvez être fière de vos enfants, poursuivit-il, ils ont assimilé beaucoup de choses ce soir. Leur intelligence m'impressionne.
Elle ressentait une furieuse envie de le cribler de questions sur les informations qu'elle venait d'obtenir, mais il se défendrait certainement et lui jurerait qu'il s'agissait là d'un complot visant

à détruire Résali. Flora Jung le considérait désormais comme la pire des ordures.

— J'ai toujours su que mes enfants étaient formidables, lui lança-t-elle avec un regard glacial.

Monsieur Eckkert hocha la tête et s'approcha d'elle. Elle recula d'un pas.

— Le monde aura besoin de gens comme eux. Le quotient intellectuel d'Helga atteint 135, et elle n'a que dix ans.

Il observa un moment de silence. Devant la nervosité apparente de Jung, ses yeux se dirigèrent instinctivement vers les six gobelets.

— Qu'étiez-vous en train de faire, Madame Jung ? demanda-t-il.

Elle se força à retenir ses larmes. La mère de famille s'était juré que personne ne pourrait entraver l'exécution de son programme crépusculaire. Et elle n'hésiterait pas à tuer quiconque l'en empêcherait.

— Je vais leur apporter un verre d'eau avec du sirop de groseille, répondit-elle avec calme.

Ces paroles firent reculer le vétéran d'un pas, comme si la tension s'était soudainement dissipée.

Il s'en alla.

Flora versa quelques millilitres de l'affreux produit dans chaque verre, mais le moment devenait extrêmement éprouvant. *Je ne peux quand même pas faire ça,* faiblit-elle.

C'était bien plus que la voix de la sagesse qui résonnait dans son esprit. Elle entendait les cris stridents d'une voix féminine la suppliant d'arrêter son programme. Une voix provenant de son inconscient. *Sa* propre voix. Mais les microphones internes du cerveau de l'humain ambitieux analysent ce genre d'auto-conseil comme un ver informatique qu'il convient d'exterminer instantanément. Et Jung était une femme d'affaires.

Elle s'assit sur une chaise.

Une larme sortit enfin.

Son mascara dégoulina sur sa peau soyeuse. Ses yeux verts

profondément enfoncés dans leurs orbites lui donnaient le regard d'une vipère endiablée. Grâce aux séances quotidiennes de natation, elle ne portait pas les stigmates que ses multiples grossesses auraient dû lui laisser, la faisant en outre paraître plus jeune que son âge.

L'ambition l'avait conduite jusqu'au ministère des Affaires étrangères où elle avait occupé la fonction de secrétaire générale dont elle venait officiellement de démissionner. Adulée, vénérée, par les diplomates depuis le début de sa carrière politique, l'annonce de sa démission avait fait grand bruit dans la presse internationale.

Six infanticides, ça fait encore plus de bruit.

Seule dans sa cuisine équipée dernier cri, elle se remémorait les quelques épisodes de complicité qu'elle avait vécus avec ses enfants entre les murs de l'immense demeure. Mais il lui fallait toutefois se rendre à l'évidence.

– *Je n'ai pas été une bonne mère.*

– *Alors pourquoi tu fais ça ?* lui criait encore cette voix.

– *Parce qu'ils sont trop bien pour le monde à venir. Je ne peux pas les laisser. Et Dieu, miséricordieux, me comprendra.*

La voix du petit Helmut la fit sortir de sa torpeur. Oubliant momentanément son plan, elle se dirigea discrètement vers la porte et observa intensément ses enfants. Ils jouaient aux cartes sur la grande table. Le petit Helmut les battit. Hedwig joua le premier, suivi de Hildegarde, Holdine et Heindrun.

– Helga, tu veux jouer aux cartes avec nous ? proposa gentiment Holdine.

Mais Helga préféra sortir de table.

Telle une mère porteuse à qui l'on montre des années plus tard le fruit de ses entrailles, Flora avait le sentiment de ne plus reconnaître ses enfants. Son regard se perdit dans celui d'Helga, consciente d'être la seule responsable de la tristesse qui imprégnait le visage de sa fille.

Heindrun venait de perdre la partie. Mauvais perdant, il était persuadé que Helmut avait triché et il rejoignit sa grande sœur devant la télévision. Helga avait la peau beaucoup plus mate. Combien de fois avait-elle entendu : « T'es pas notre sœur, tu nous ressembles pas ! » Jusqu'à cet instant, Flora n'avait jamais pris conscience que ce rejet avait replié l'enfant sur elle-même. *Pardonne-moi, Helga.*

La nourrice avait bien essayé de lui en toucher un mot, mais Flora s'était continuellement dérobée devant ses responsabilités de mère. *Pas ce soir*, reprit-elle.

Les sentiments ne faisaient résolument pas partie du programme. Elle reprit ses esprits, empoigna les trois premiers verres et se dirigea d'un pas décidé vers le salon.

Elle les posa sur la grande table.

– Rangez les cartes les enfants !

Les enfants s'exécutèrent. Il semblait que leurs cerveaux agissaient tel un processeur informatique interprétant scrupuleusement les instructions d'un programme.

– Helga, fais-moi le plaisir d'apporter les trois autres verres qui se trouvent sur la table de la cuisine.

Sans honte aucune, la mère de famille venait de demander à sa propre fille de revenir avec les armes qui serviraient à tuer ses enfants, repoussant ainsi les limites de l'inhumanité, mais Flora n'avait pas confiance en ces filous, elle ne voulait pas qu'ils ingurgitent le liquide avant le moment où elle l'ordonnerait. Il fallait qu'elle voie leurs têtes s'écraser de sommeil sur la table.

Helga revint de la cuisine en marchant très lentement pour ne pas faire tomber les verres. Elle les tendit à sa mère et s'assit à sa place habituelle. Flora lui adressa un clin d'œil pour la remercier.

Tous vêtus d'un pyjama blanc, les enfants chantèrent en chœur l'hymne national allemand à la demande de Jung. La matriarche versa une discrète larme en les écoutant. *L'être humain est vraiment trop émotif. Ils sont vraiment trop bien pour le monde à venir,* se répétait Flora.

– Bien, les enfants, vous devez tous boire le contenu du verre en une seule gorgée. Si vous réussissez, je vous laisserai jouer plus longtemps ce soir.

Helga observait sa mère en coin. Quelque chose n'allait pas. Elle avait peur. *Mais c'est ma mère, qu'est-ce qu'elle a ? Elle ne nous ferait pas de mal. Non ! J'ai confiance en elle.*
   - 1, 2, 3, fit Flora.

Relevant le défi, les enfants avalèrent la boisson d'un seul coup. Trois secondes suffirent pour que la macabre prévision se réalise. Flora se forçait à regarder chaque mouvement de leur déglutition. *Le temps béni de l'enfance est merveilleux. On ne comprend rien. On ne se méfie de rien.*

Deux des six anges tombèrent au sol, les quatre autres s'écroulèrent sur la table. Flora savait parfaitement que la mort avait déjà accueilli toutes les cellules nerveuses de leurs corps.

Elle contemplait la scène avec la satisfaction d'avoir accompli l'œuvre de sa vie. *Cela fait de moi la femme la plus heureuse du monde,* se disait-elle.

Elle sortit de sa poche le symbole d'or du parti nazi, l'accrocha sur sa veste rouge, puis retourna dans la cuisine. Le claquement de ses talons au sol sonnait comme le glas. Flora Jung ouvrit le tiroir des couverts, prit un couteau et revint vers les corps inertes. Son teint blafard devenait cadavérique. Elle s'arrêta quelques secondes, le regard totalement absent. Il fallait qu'elle fasse appel à ses dernières forces pour accomplir l'acte final. Jung s'approcha du corps de Heindrun et lui planta d'une main experte le couteau dans la nuque. Le sang gicla sur elle. *C'est le sang de mon enfant. Le sang souillé de mon enfant.*

Elle retira un implant de la chair tendre du garçon qu'elle scruta quelques secondes avec un regard noir, comme si ce petit objet était un monstre ayant pris possession du corps de son enfant. Ce petit objet n'était toutefois pas un monstre. Grâce à lui, les enfants Jung – et des millions de personnes dans le monde - étaient soignés de la plus grave maladie du XXIème siècle. *C'est donc ça qui a détruit ma vie ?*

Elle voulut répéter le même rituel avec Holdine, mais un bruit la fit tressaillir. Un homme d'une quarantaine d'années s'était introduit sans bruit dans la maison. Tel un virus perturbant

son programme, le résultat de l'opération en serait à jamais bouleversé.
– Eddy ! fit-elle, consternée.
Refusant de se laisser décontenancer, Flora poursuivit son geste avec précipitation, mais Eddy empoigna fermement son bras.
– Demain, des millions de gens te maudiront ! s'exclama-t-il.
Qu'est-ce que j'en ai à foutre de passer pour une mauvaise mère ! Demain, le monde connaîtra la plus grande crise existentielle de tous les temps. J'ai bien peur que mes meurtres passent inaperçus à côté de ça.
D'un mouvement sec et précis, Flora trancha la joue de son ex-mari, ce qui le fit tomber au sol. Eddy effleura du doigt la plaie. Bien que douloureux, le coup n'avait causé qu'une blessure superficielle.
– Il faut tous les libérer ! gueula Flora.
Elle enfonça ensuite violemment le couperet dans la nuque d'Hedwige. Eddy était stupéfait devant l'obstination diabolique de son ex-femme. Il se releva et projeta Flora contre le mur avec une telle force que les membres de cette dernière furent, l'espace de quelques instants, déconnectés de son système nerveux. Ses yeux devinrent aveugles, inconscients de ce qui se passait.
Ma pauvre Flora, tu as découvert des choses qui t'ont bien dépassée, se dit-il en la contemplant.
Il prit Helga dans les bras en regardant une dernière fois le visage de la femme politique avant de quitter les lieux. Elle se remettait doucement du choc. Eddy savait que la plus grande avait résisté au poison et qu'à cet instant, il détenait un trésor faisant de lui l'homme le plus détesté de la planète.
Lorsqu'elle remarqua l'absence de la fille, Jung cria de toutes ses forces. *Un enfant de douze ans ne peut pas résister à l'AZ-4 pur. C'est impossible !*
Flora n'avait pas tout à fait achevé sa mise en scène. Même si elle avait conscience que cette affaire serait rapidement étouffée par ceux qui tenaient les ficelles de ce monde, il fallait qu'elle

laisse un indice aux enquêteurs dans l'espoir qu'ils découvrent le mobile de ses meurtres.

Elle incisa alors son bras, trempa son index dans son sang et écrivit sur le mur.

4x0 11 4x0

Flora se releva difficilement, tel un robot à la batterie presque entièrement déchargée. Lorsqu'elle aperçut les flaques de sang qui grandissaient autour des corps de ses enfants, elle pleura toutes les larmes de son corps, hoquetant de désespoir et de douleur.

Pardonne-moi, mon Dieu, je n'ai pas réussi, murmura-t-elle en levant les yeux au ciel.

Elle se trancha alors la gorge d'un geste vif. Le sang éclaboussa le mur blanc, maculant les meubles.

La femme d'affaires en avait fini avec la vie.

1.

L'enquête venait d'être classée. Les fanatiques de Dieu étaient officiellement accusés du génocide silencieux perpétré sur le territoire français.

La clarté s'évanouissait peu à peu dans le ciel de la capitale, laissant place à une nuit qui promettait d'être brumeuse. La pleine lune, déjà visible, avait certainement dû avoir un effet excitant sur les citadins de la plus grande ville française. La place Beauvau et la rue des Saussaies, siège du ministère de l'Intérieur, étaient bondées d'humains en colère, scandant sans relâche : « Éva, on n'en veut plus ; Éva, on n'en veut plus ! ». Éva Derniss, la ministre de l'Intérieur, n'était jamais parvenue à se faire aimer du peuple. Et les événements actuels ne faisaient que confirmer leurs doutes quant à son efficacité politique. Son service n'ayant pas su anticiper l'attaque – c'était elle qui l'avait qualifiée de « génocide silencieux » –, alors elle avait été classée d'office dans le dossier des politiques *incompétents* par l'opinion publique.

La jeune commissaire Mélina Gigarri tentait tant bien que mal de se frayer un chemin dans cette foule qui cherchait, comme l'avait rappelé une Parisienne devant les caméras du journal télévisé, à faire valoir leur liberté d'opinion. Elle dut s'excuser une bonne centaine de fois avant d'atteindre l'entrée du ministère par la rue des Saussaies. La commissaire sortit son badge, s'apprêta à le montrer au garde, mais se figea soudain, comme le reste de la foule d'ailleurs, par un tir de détresse lancé par un clown. Le tir avait formé un arc rouge à cinquante mètres au-dessus d'eux. Les manifestants furent alors réduits au silence et tous les regards pivotèrent vers l'homme masqué.

Il portait un masque de clown étrange, effrayant en fait. Les lèvres, de couleur verte, rejoignaient les yeux. Les paupières étaient scellées et les oreilles, décollées. Le clown était perché sur la dernière marche d'un escabeau, dès lors visible à des dizaines de mètres à la ronde. On aurait dit le porte-parole du peuple. Mélina détestait l'image du clown. Ils avaient tant de fois perturbée son sommeil. Ça voulait dire que quelqu'un cherchait à profiter d'elle. Ou à la blesser. Mais elle n'y accordait pas beaucoup d'importance de toute façon.

Si les clowns avaient perturbé le sommeil de quelqu'un, ça devait être celui du couple présidentiel. On venait d'attaquer de la manière la plus suspicieuse au monde le territoire qu'ils représentaient. Éva Derniss avait résumé ainsi la situation : « une drogue expérimentale, baptisée AZ-4, s'est répandue comme un fichier malveillant dans nos boîtes de nuit, bals et bowlings ». Elle avait utilisé le très bon terme. « Fichier malveillant ». Une dose permettait de s'enfiler dix bouteilles de whisky à la suite sans tomber dans un coma éthylique. Mais cette machine séductrice n'était qu'une veuve noire dévorant les cellules nerveuses. Au bout de quelques jours, les neurones devenaient des bombes à retardement. C'était ainsi qu'avait été organisé un génocide de quinze mille personnes.

Le clown cria : « Le national-socialisme nous a tués, le national-socialisme nous a tués ! » Mais les gens n'accordèrent pas plus d'attention à cette bête de foire et reprirent leur brouhaha collectif. La plupart ignorait la corrélation existante entre le parti politique disparu depuis 1945 et cette attaque terroriste. C'était officiellement les musulmans radicaux qui avaient attaqué le pays, mais à l'origine, l'AZ-4 était un produit médical mis au point par un médecin nazi dans le cadre d'une expérimentation, en 1943. Le clown était sans doute féru d'histoire. Mélina y avait toutefois pressenti un lien étrange, comme une odeur de mensonge d'État.

Elle avait donc écrit un rapport pointant du doigt les failles de l'enquête, qu'elle avait soumis à son supérieur et ami, Georges Béliec, le directeur de la police nationale. Le soir de l'assaut dans le hangar désaffecté où avaient été stockées les seringues d'AZ-4, il s'était passé quelque chose de louche. Sous la torture, Kahiz, le chef de groupe, aurait avoué que son organisation était une filière du Hezbollah, et qu'il commettait des actes au nom de ce groupe antisémite. Kahiz avait été tué par le GIPN, mais aucune photo ne fut offerte au monde. Pas même au sein du service de renseignement. La presse l'avait surnommé : « le terroriste invisible ». Et pour Mélina, c'était encore plus simplement : « le terroriste qui n'existe pas ». Elle avait conclu qu'il s'agissait d'une conspiration entre le service de renseignement et le gouvernement français dans le but de dissimuler la véritable identité du pays à l'origine de l'attaque silencieuse.

Elle savait pertinemment qu'elle allait se faire taper sur les doigts pour sa manie de s'occuper d'affaires qui ne la concernaient pas le moins du monde, mais elle était certaine d'avoir été lue. Au pire, Béliec ne ferait que jeter le dossier à la poubelle et elle aurait droit à la soupe à la grimace pendant quelques mois. Donc rien de néfaste pour sa carrière. Le clown s'apprêtait à enlever son masque pour montrer à la foule son visage que Mélina avait hâte de découvrir. Mais au même instant, le garde la fit entrer. Elle ne connaîtrait jamais l'identité faciale de cet étrange personnage.

Dommage.

À dix-huit heures, Mélina pénétra dans le bureau de Béliec. Il avait le visage un peu ovale. Son eau de toilette après-rasage sentait encore en cette fin de journée et il était tellement bien rasé qu'on avait l'impression qu'il venait de sortir de sa salle de bain. À voir la gueule noire qu'il lui lançait, elle comprit très vite que son rapport n'avait pas été apprécié.

— Mélina, tu sais que tu as une place à part dans mon estime, commença Béliec.

Cette première phrase ne présageait rien de bon. Mélina le regardait intensément. Elle attendait patiemment la suite, prête à riposter si nécessaire. Il brandit le dossier écrit par la jeune commissaire et l'agita comme pour dire : « Qu'est-ce que c'est que ça ? ».

— Dois-je comprendre que tu veux intégrer le service des renseignements français ? Et que ce texte n'est qu'un

exercice purement fictif pour appuyer ta candidature ?
- Absolument pas, répondit-elle sèchement et fermement.

Le visage de Béliec se renfrogna devant l'entêtement de la jeune femme.
- Les écrits conspirationnistes m'irritent énormément, lança-t-il.
- J'étais persuadée que tu allais être le seul à prendre en considération ma thèse.
- Je l'ai lue, mais le parquet a classé l'affaire. C'est une attaque terroriste islamiste, insista-t-il.
- C'est tellement plus convaincant, un terroriste à la peau mate ! rétorqua-t-elle.
- Le Hezbollah lui-même a revendiqué l'attentat sur sa chaîne de télévision.

Mélina pouffa de rire avant de répliquer :
- Il a très bien pu être payé pour ça.

Béliec soupira. Il lui tendit une tasse de café en espérant alléger l'atmosphère très tendue et favoriser la convivialité à cet entretien. Mélina but la boisson en une seule gorgée.
- Tu ne devrais pas être en vacances ? questionna-t-il d'un air badin.
- N'esquive pas la conversation, aboya-t-elle.
- Et par qui aurait-il été payé ?
- Par le gouvernement français, vociféra Mélina.
- La France a dépensé des millions pour mettre un terme à l'expansion de cette drogue sur notre territoire, rappela Béliec, qui fut d'un coup très agacé.
- Il y a sûrement un petit million qui a servi à financer cet Abdel Adouz pour revendiquer l'attentat.

Béliec observa un court silence.
- Je n'y crois pas. Même si ton rapport est très bien écrit et qu'il satisferait pleinement les fêlés du complot, il n'y a pas une seule preuve tangible que l'attaque vienne d'Allemagne.

Mélina avait passé ses soirées à créer de faux profils pour

intégrer les cybercafés des fervents adeptes du Hezbollah. La drogue était totalement inconnue au Moyen-Orient. Et personne n'avait jamais entendu parler de Kahiz. Même si Mélina avait la conclusion facile sur une enquête, elle avait rarement tort sur les dénouements des investigations qu'elle avait pu mener. Comme si elle avait un sixième sens. Alors elle avait confiance en son intuition.

Elle était persuadée que l'attaque provenait des sphères néonazies à travers la pension Résali, une secte qui vouait un culte sans précédent à Hitler depuis la chute du IIIe Reich. Une secte probablement financée par une autre secte. Dans son rapport, elle avait mentionné des transferts d'argent importants entre New York et Berlin par une certaine Lisa Gherardini. Après des recherches avancées, elle n'avait pas trouvé la moindre trace d'une femme portant ce nom. Manifestement une fausse identité. Ses efforts l'avaient toutefois conduite à découvrir une coïncidence troublante en corrélation avec l'AZ-4. En 1970, un laboratoire berlinois portant le nom de Lisa Gherardini fut condamné pour avoir fabriqué un produit interdit par la loi depuis le procès de Nuremberg. Or, il s'agissait précisément de l'AZ-4 ! En outre, le directeur du laboratoire était très lié aux Témoins de Jéhovah, dont le siège se trouvait à New York, au même titre qu'il était ouvertement un fervent néo-nazi. Pour une amoureuse des conspirations telle que Mélina, l'un n'empêchait pas l'autre. Surtout lorsqu'il s'agissait de se lier pour entreprendre des affaires. Alors, elle avait conclu que les Témoins de Jéhovah finançaient les néo-nazis.

Le gouvernement français ne désirant pas entacher l'image de l'Allemagne, il était préférable d'accuser les fanatiques de Dieu (les fanatiques de Dieu étant toujours les musulmans radicaux) de s'être servis d'une expérimentation nazie pour attaquer la France. Telle était sa conclusion.

- Évidemment, ce sont des éléments de point de départ, dit Mélina.
- Pour quelle raison les néo-nazis d'Allemagne nous

attaqueraient-ils ? questionna-t-il avec lassitude.
- Pour quelle raison ? Nous faisons partie de ceux qui ont rendu leur existence si morne.

Béliec ferma le dossier de Mélina d'un coup sec et le remisa dans son placard. Mélina n'en fut même pas vexée et continua à regarder Béliec droit dans les yeux, pas le moins du monde ébranlée. Conscient qu'il ne pourrait pas se débarrasser de la jeune commissaire si facilement, il reprit la conversation.
- L'Allemagne ne se porte pas si mal que ça. C'est une fausse image implantée dans ton esprit.
- L'Allemagne est associée à une bête immonde que l'imaginaire collectif peine à oublier, car c'est inscrit dans l'histoire. En France, comme dans tous les pays du monde, on enseigne dès le plus jeune âge les atrocités commises par le parti national-socialiste.
- En Allemagne aussi, Mademoiselle Gigarri, fit-il remarquer.
- Et les raisons officielles des islamistes de nous attaquer, quelles sont-elles ?
- Il y en a beaucoup. La place de la femme dans la société française. La loi sur le port de la burqa. Le fait que nous ne sommes pas antisémites, énuméra Béliec.
- Baratin ! Ils ont autre chose à faire que de nous attaquer pour ça. L'attaque vient d'Allemagne, insista-t-elle.
- Oserais-tu remettre en cause, devant moi, la parole du GIPN ?
- Oui et non, répondit-elle sans vergogne.

Le directeur de la police nationale sentait sa tension monter. Il détestait que l'on remette en cause l'institution qui garantissait la sécurité des Français.
- J'ai lu les journaux. Un seul des membres du GIPN est entré dans le hangar.
- Matteo Gedes, confirma-t-il.
- Oui. Après avoir communiqué avec le terroriste « silencieux » (elle fit le geste des guillemets avec sa

main) plus de trois heures, il a enfin été permis à ce Matteo Gedes de pénétrer dans l'enceinte du hangar désaffecté.
- Tu t'es laissé avoir par la théorie du complot orchestré par le Front national, lança Béliec.
- À l'instant où il a tiré, enchaîna Mélina sans relever la pique, tous les autres membres du GIPN furent sommés de déguerpir. Et ensuite, le corps s'est volatilisé. Il y a un truc que je n'ai pas compris, un truc que personne n'a compris d'ailleurs, mais le temps vient à bout de tout. Même des âmes conspirationnistes. Dans quelques mois, on ne se posera même plus la question. C'est ainsi que fonctionnent les services de l'État.

Elle marqua un temps de pause.
- N'est-ce pas ?
- Ainsi, tu accuses notre brave Matteo d'être un menteur. De faire partie du complot ?
- Oui, fit sèchement Mélina.

Béliec soupira très fort pour bien marquer son profond agacement, mais elle ne se laissa pas distraire et suggéra :
- Tu pourrais au moins enquêter sur cet argent qui transite en toute impunité entre les États-Unis et les comptes bancaires de Résali !
- On ne peut pas accéder à ta demande, Mademoiselle. Je te suggère de prendre des vacances. Je te promets que j'enquêterai en solo. Si quelque chose me tracasse, je ferai tout ce qui est en mon pouvoir pour faire bouger le service de renseignement.
- Tu n'as rien compris. La DCRI est actrice dans ce complot, s'exclama la commissaire avec feu.
- Je crois, dur comme fer, en l'intégrité du service de renseignement français, fit Béliec.

Chacun s'accrochant à sa vision des choses, Mélina ne voyait plus aucun intérêt à poursuivre son argumentation. Elle se leva et se dirigea vers la porte, totalement abasourdie.

– Je te souhaite de bonnes vacances, Mélina.

Mélina se retourna.

– Excuse-moi. Au revoir, Georges.

Elle savait pertinemment qu'il ne lèverait jamais le petit doigt. Il aurait fallu un élément majeur pour que sa hiérarchie accorde un quelconque crédit à ses suppositions.

En ces temps incertains, Mélina ne prenait pas de vacances dans le seul but de se ressourcer. Celles qu'elle avait programmées n'avaient rien de festif. Dans quelques semaines, elle était persuadée qu'elle reviendrait de New York avec la preuve que l'AZ-4 avait été réactualisé par les sphères néo-nazies derrière lesquelles se cachaient les Témoins de Jéhovah.

2.

20h 12

La cervelle de veau était son repas favori. Il avala toutefois la dernière bouchée plus difficilement que d'habitude. Le Président de la République avait convié ses quatre ministres préférés pour un dîner au quai d'Orsay, mais l'atmosphère était lourde. La conversation languissait. Son anxiété était telle qu'il ne trouva rien de mieux à faire pour se calmer que de se concentrer sur chaque détail du décor néo-renaissance de l'immense salle à manger.

Une impression de vide lui étreignait la poitrine. Un sentiment angoissant de ne pas être à sa place. Il prit sa coupe et but une gorgée de vin. En le reposant, le verre heurta l'assiette. Dans le silence glacial qui régnait, le bruit causé par la rencontre des deux matériaux résonna presque. En tout cas, il avait bien résonné aux oreilles de ses quatre coéquipiers qui, d'instinct, le fixèrent intensément. Cela ne dura que quelques secondes, mais accentua d'un cran la tension de la pièce. Le Président inspira profondément pour tenter de se détendre.

Dans quelques instants, sa gueule apparaîtrait - pour la troisième fois depuis son mandat – devant les caméras du journal télévisé de la première chaîne nationale. Étant donné que l'attaque venait d'un pays lointain, ça faisait mieux – selon les dires du ministre des Affaires étrangères – que le chef de l'État s'adresse au peuple endeuillé depuis les locaux du quai d'Orsay.

À sa gauche, Éva Derniss était assise, le regard glacial. Son visage parfait ne passait pas inaperçu. La presse en avait fait plusieurs fois une satire : femme politique ou mannequin politique ?

Éva observait, écœurée, la cervelle éparpillée dans l'assiette en porcelaine fine de limoge. Il lui semblait qu'on l'avait arrachée d'un crâne humain. Elle renonça à la goûter, reposa sa fourchette puis dégusta le vin grand cru qu'on lui avait servi.

Après deux années au quai d'Orsay, Éva Derniss avait été nommée ministre de l'Intérieur lors du dernier remaniement présidentiel. Président qui n'était autre que son mari. Les Français voyaient cette union d'un œil défavorable, d'autant plus qu'elle était le genre de femme à n'en faire qu'à sa tête. Elle ne l'accompagnait ainsi que rarement lors de ses déplacements.

Pour son allocution télévisée, la ministre Première dame avait conseillé à son mari de n'adresser aucune excuse aux Français. Une telle attitude révèlerait leur vulnérabilité, leur incapacité à se dresser contre le terrorisme avait-elle assuré.

Des politiques avaient fourni à la presse des documents pointant les failles du système des services de renseignements. Mais ce qui était surtout reproché, c'était que le président avait fait diminué les effectifs.

Isaac Martha n'était pas du même avis.

Le ministre des Affaires étrangères pensait pour sa part qu'il était du devoir du Président de présenter ses excuses au nom de la République que son gouvernement incarnait.

Le Premier ministre, Monsieur Édouard, n'avait quant à lui rien conseillé. Édouard était maigre, pas mince, mais bien maigre. Ses yeux étaient exorbités et ses bras étaient aussi frêles que ceux d'un enfant. On avait l'impression qu'une simple bousculade le ferait choir. Cet homme n'était pas incompétent, car il avait de bonnes idées. Mais il n'était pas assez autoritaire, il n'avait pas assez de prestance, de carrure.

– Bon, fit soudain le Président.

Ce simple mot fit sursauter la petite assemblée.

– J'insiste sur le fait que la présidence ne doit pas prendre à sa charge les failles du renseignement.

Elle repoussa son assiette comme si l'odeur de la viande lui était devenue insupportable.

– J'insiste, reprit Martha, du contraire.
– Peut-être faudrait-il exprimer des excuses, sans exprimer

d'excuses, sortit Édouard à la surprise de tous.
La ministre première dame le dévisagea avec une telle hargne, que même sans mot, son regard signifiait : « Rendors-toi, TOI ».
- L'attaque ne vient pas de la République, reprit Éva.

Elle avait parlé sans réfléchir, comme si elle venait de dire quelque chose qui ne fallait pas, mais personne ne lui reprocha sa bourde.
- Liberté, égalité, fraternité. On vient d'attaquer la première valeur de la République, souligna Martha.
- On croirait entendre Billy Emman, lança la ministre première dame avec un mépris évident. Il nous a envoyé exactement la même chose que vous, Monsieur Martha. Mot pour mot. Reprendre le slogan de la république n'a vraiment aucun sens !
- D'ailleurs, nous l'avions invité ce grand scientifique, rappela le Premier ministre. Il se sent tellement supérieur.

Si on avait demandé au chef d'État : « Quel est l'homme le plus doué du monde ? », il aurait répondu sans une seconde d'hésitation : « Billy Emman. Celui qui guérit votre cerveau, voyons ».
- Il faut l'excuser. Il a beaucoup de travail. Mais ses conseils m'auraient été fort utiles, fit le Président d'un ton songeur.
- Il n'a fait que vous marteler qu'il ne fallait pas exprimer d'excuses, grogna Martha, qui avait toujours détesté le scientifique, sans réel motif.
- C'est curieux. Celui qui a soigné des millions de personnes au cours de ces cinq dernières années n'en a rien à foutre que des fous tuent des milliers de personnes, remarqua le Premier ministre. Et ce, alors même qu'il a un lien très intéressant avec le chaos de ces derniers temps.

Le ton qu'il avait employé donnait la désagréable impression que le plus grand scientifique du monde était un comploteur.
- Pourquoi parle-t-on de Billy Emman, bon sang ! s'énerva

Éva.
- Il ne faut pas que les gens sachent que l'AZ-4 a été utilisé par Billy Emman pour soigner la pire des maladies de ce siècle. Et qui a été - qui est toujours - un acteur majeur de notre si bonne économie et qui a glorifié l'image de la France à l'international, rappela Martha.
- Je crains que cette information ne soit divulguée tôt ou tard. Au milieu de la foule qui réclamait mon expulsion, un clown criait que c'était le national-socialisme qui avait tué ces gens. Il sait donc qu'une expérimentation nazie est à l'origine de la guérison de ces millions de personnes, raconta Éva Derniss.

Personne ne répondit et le silence flotta quelques instants dans l'air. Le Président sortit alors de sa torpeur et se tourna vers le Premier ministre.
- Dites-moi Monsieur Édouard. Qu'entendiez-vous par exprimer des excuses, sans en exprimer ?
- Agissez avec tact. Il faut montrer que vous êtes le Président de la République. Il est indispensable que vous sortiez de cette allocution la tête haute.

Monsieur Édouard ajouta :
- Nous avons fait notre travail. La France a fait son travail. C'est ce qu'il faudra dire. On ne peut tout de même pas s'excuser d'avoir fait notre travail, tout en oubliant pas de compatir avec le peuple.
- Exprimer des excuses sans en exprimer ! bravo Monsieur Edouard, envoya le ministre des affaires étrangères avec un faux sourire.
- Les Français ne comprennent pas qu'on a laissé passer ça. Pour eux, nous n'avons pas fait notre travail, comme vous savez si bien le dire Monsieur Edouard, fit la première dame.
- Mais les Français sont des crétins, objecta Edouard. C'est la première fois qu'un pays se fait attaquer comme un vulgaire ordinateur. Un cheval de Troie s'est introduit

dans des boîtes de nuit pour refourguer des doses d'une drogue nazie. Comment voulez-vous qu'un pays anticipe ce genre d'attaque terroriste perverse ?
Le terme « terroriste » les réduisit au silence. Encore une fois. Comme si le mot n'était pas exact. Comme si cette histoire n'était pas totalement vraie. Comme s'ils étaient conscients que la version de cette attaque avait fait l'objet d'un consensus.
- Je trouve qu'on s'en est très bien sorti, reprit-il.
- L'attaque a fait quinze mille victimes et vous trouvez qu'on s'en est bien sorti ? Jusqu'à présent, vous n'aviez rien conseillé, Monsieur Édouard. Alors, fermez-la, rétorqua le ministre des Affaires étrangères.
- Est-ce que Billy Emman ne pourrait pas les ressusciter par hasard ? Il a bien ressuscité le cerveau de millions de personnes, ricana Martha.
- Ce n'est pas drôle. Ces gens sont morts, 90 % d'entre eux n'avaient pas vingt cinq ans, fit le Président.
- C'est triste, mais la vie continue. Il nous reste deux années de mandat. Nous ne devons pas démissionner. Nous devons rester forts.
Le Président de la République se leva. La première Dame également. Ils se regardèrent intensément. Elle lui souffla un « bon courage » inaudible.
Il acheva son allocution télévisée à 20h 30. Les avis furent assez mitigés à vrai dire. On pouvait lire sur Twitter : « un Président trop neutre ». « Un Président dépassé ». Le Président n'ayant pas, comme le lui avait conseillé sa femme, formulé de claires excuses, quelqu'un avait écrit : « les excuses du Président sur sa décision de réduire les effectifs au sein des services de renseignement sont-elles taxables ? »
D'autres applaudissaient son discours, notamment en raison du fait qu'il avait assuré que la France ne capitulerait jamais face au terrorisme.
Après cela, le Président avait décidé de finir son week-end

à la Lanterne. Sa femme avait affiché un grand sourire tout au long du trajet en caressant la main de son tendre. Mais quelques minutes avant de pénétrer dans l'enceinte de cette magnifique demeure versaillaise, le visage de la ministre première dame se rembrunit. Elle lui lâcha la main et une sorte de douleur lacéra sa poitrine. Elle s'était souvent répété qu'un malheur n'arrivait jamais seul. Et elle n'avait pas tort : quelqu'un venait de lui apprendre par téléphone qu'une des leurs s'était suicidée après avoir tué ses enfants.

Le week-end à la lanterbe était foutu.

3.

Il était 20h30 lorsque le son aigu du réveil pénétra le cerveau de la jolie brune et ranima l'ensemble des cellules de son système nerveux. Détestant dormir dans l'avion, elle se forçait à faire une sieste avant tout voyage.

Avant le Grand voyage.

La dernière carte qui lui restait pour prouver la véracité de ses présuppositions sur l'AZ-4.

La jeune femme se leva d'un bond et franchit la porte de la salle de bain. Son vol pour New York était prévu à 22h. Elle avait largement le temps de se faire belle, il ne lui fallait qu'une demi-heure pour se rendre à Orly.

Elle rassembla ses cheveux et les releva avec une barrette de manière à ce qu'elle puisse se brosser les dents sans gêne.

Elle étala du dentifrice sur sa brosse à dents et contempla son reflet dans le miroir.

Pour la première fois de sa vie, elle éprouvait la honte de l'échec. *Comment le parquet de Paris a-t-il pu classer cette affaire ?* Ce soir, elle avait surtout eu le sentiment que Béliec faisait semblant de ne pas l'écouter, de refuser ses arguments. En trois années de carrière, elle avait élucidé pas moins de douze enquêtes. Simples meurtres ou enlèvements, il n'empêche qu'elle avait tout résolu. Dès lors, elle vivait le rejet de ses présuppositions, vues comme des allégations fictives, comme une véritable torture mentale.

Alors qu'elle se brossait les dents en insistant sur les molaires, elle entendit des émeutes dans la rue. Une énième protestation contre le service des renseignements français, incapable d'anticiper la formation de groupes radicaux sur le territoire national.

Ces cinq dernières années, les Français avaient prouvé qu'ils n'hésitaient plus à rejeter leur haine sur le Coran qu'ils considéraient comme l'un des piliers de l'instabilité du monde. L'attaque de la grande mosquée de Paris en 2017 avait ainsi tué dix musulmans. C'était le groupe « Nous sommes pas des muslim », aujourd'hui démantelé, qui avait revendiqué l'attentat. Mais l'AZ-4 ne vient pas des musulmans radicaux, se répétait-elle inlassablement. Mélina était certaine que l'État s'était rendu coupable d'une vaste campagne de désinformation, leurrant délibérément l'opinion publique.

Quelqu'un frappa à la porte.

Elle remplit un verre d'eau, se rinça la bouche et cracha.

– La porte est ouverte Tommy, cria-t-elle.

Ses tympans n'ont pas été sensibles à ma voix apparemment.

Elle se dirigea vers la porte et ouvrit.

– Bonsoir Tommy. C'était ouvert.
– Pardonne-moi.

Tommy posa sa valise sur la table.

– Il y avait ce courrier qui dépassait de ta boîte aux lettres, annonça-t-il en lui tendant une longue enveloppe.

Mélina la saisit et la regarda avec intensité pendant dix secondes. Elle en connaissait le contenu, mais ne souhaitait pas en parler à Tommy.

– C'est une sorte de publicité, mentit-elle. Je verrai ça plus tard.

Elle jeta le courrier sur la table et avertit :

– Je ne suis pas encore prête.

Elle repartit dans la salle de bain.

Avec sa barbe de trois jours, ses lunettes carrées et son visage légèrement ovale, Tommy ressemblait à un intello dont la mémoire interne devait être surchargée d'informations binaires. Informaticien chez IBM, il avait mis au point divers programmes informatiques, en particulier des logiciels d'analyses prédictives SPSS, une sorte de médium visant à faire croire à une entreprise qu'elle pouvait éviter la faillite en se basant sur l'avenir.

Tommy s'installa dans un fauteuil et prit machinalement son portable.

– N'oublie pas ton passeport, s'exclama-t-il.

C'est vraiment un type génial, songea-t-elle.

– Il est dans le placard, sous la vitrine. Heureusement que tu me le rappelles, j'allais l'oublier.

Chaque fois qu'il se rendait ici, Tommy ne pouvait s'empêcher d'observer le décor. L'appartement de la jeune commissaire ne reflétait pas vraiment le féminin. Murs peints en rouge et noir, épées accrochées aux murs, sans aucun bibelot pour adoucir l'ensemble. La seule trace de sa féminité serait peut-être les fleurs de lys soigneusement disposées dans des vases en acajou. Plusieurs vitrines renfermaient des pistolets de collection. Tommy les regardait avec les yeux envieux d'un enfant face à un jouet convoité. Il se remémorait quelques épisodes bénis de l'enfance où il jouait au gendarme et au voleur avec son amie. C'était toujours lui le voleur et Mélina le gendarme. Les choses avaient tant changé aujourd'hui…

Mélina n'avait rien confié de ses projets à Tommy. Officiellement, New York était une destination de vacances entre amis. Il lui faudrait plusieurs jours avant de le persuader de se mettre dans la peau d'un espion, mais elle parvenait toujours à ses fins. Les connaissances informatiques de Tommy pour infiltrer le réseau informatique du siège des Témoins de Jéhovah lui seraient *indispensables*.

Il ouvrit le tiroir et trouva le passeport sous un exemplaire du dossier dont elle venait de discuter avec Georges Béliec.

Elle n'en finira jamais avec ça, pensa-t-il avec exaspération.

Mélina le rejoignit.

– Le voilà ton passeport, dit-il.
– Qu'est-ce que je ferais sans toi ? le flatta-t-elle.
– Tu n'as pas besoin de moi pour rédiger une conspiration.

Il brandit le dossier exactement de la même façon que Georges Béliec. « Qu'est-ce que c'est que ça ma petite ? ».

– C'est vraiment une sale manie chez toi de fouiller dans mes affaires, lui reprocha Mélina. Ça fait deux ans que je n'ai pas pris de vacances.

Tommy remit le dossier dans le placard et le ferma.

– Excuse-moi Mélina.

- C'est bon, répondit-elle.
Mélina prit ses bagages et se dirigea vers la porte. Juste à cet instant, le téléphone sonna. Par réflexe, elle lâcha ses bagages pour prendre l'appel. Tommy commençait à sortir de ses gonds.
- Ne réponds pas, la somma Tommy d'un ton furibond.
Mélina hésita, son énergie s'était dissipée. Sa seule hâte était de répondre.
- C'est le genre d'appel qui risque de gâcher nos vacances, prévint Tommy, les sourcils froncés au maximum.
Elle ne savait plus quoi faire. Sa nervosité était telle qu'elle n'était plus maître de ses mouvements. Gigarri était programmée pour répondre au téléphone. Elle voulait savoir.
- Je t'en prie, supplia Tommy.
Mélina décrocha en fuyant son regard, Tommy était désabusé. On avait l'impression qu'il avait vécu cette scène à de nombreuses reprises. Il inspira longuement en levant les yeux au ciel.
Une chose était certaine : les pseudos-vacances étaient foutues.

Flora Jung, la secrétaire générale aux Affaires étrangères a tué ses enfants avant de se suicider, se répétait Mélina. Elle ne pouvait pas le croire. Elle voulait le constater par elle-même.
Je suis désolée Tommy.
Mélina avait le cœur déchiré face au désespoir de son ami.
Tommy n'en voulait pas à la jeune femme, mais au mec qui l'avait appelée et qui était parfaitement au courant qu'elle devait partir en vacances. Une fois dans l'avion, il se serait arrangé pour qu'elle ne puisse pas accéder aux informations de son pays.
Mélina s'approcha de lui, la tête basse.
- Je suis désolée Tommy.
Tommy ne sut quoi répondre. Il en avait les larmes aux yeux. Lui, il en prenait régulièrement des vacances, mais pour une fois qu'il pouvait partir avec sa meilleure amie. Il n'y avait jamais eu d'ambiguïté entre eux. De l'amour, il n'y avait point, mais leur complicité d'enfance était toujours vivace.
- Qu'est-ce qu'il se passe encore ? demanda Tommy avec

lassitude.
- Des infanticides.
Tommy prit un air perplexe.
- Donc c'est foutu ?
- C'est une femme connue. La secrétaire générale aux Affaires étrangères.

Cette information aurait pu paraître démesurée pour un individu tranquille comme Tommy, mais les faits divers avaient été si étranges ces cinq dernières années en France, que plus rien ne le surprenait.
- Flora Jung ?

Mélina hocha la tête.

Tommy comprit que l'affaire était trop alléchante. Il n'était donc plus question de tenter de la dissuader. Toutes ses actions en ce sens seraient vaines.

Mélina saisit les clés de voiture de Tommy. Il se leva alors brusquement pour les lui arracher des mains.
- Hors de question que tu prennes ma Mitsubishi, souffla-t-il d'un ton sec.

Tommy possédait une Mitsubishi Lancer qui lui avait coûté huit mois de salaire. Un rêve de gosse qu'il venait de réaliser deux mois auparavant. Rien de plus compréhensible que de ne pas vouloir laisser un tel engin entre les mains d'une nana. D'autant que Mélina avait amoché pas mal de voitures de police durant sa carrière.
- Je ne peux pas y aller en métro, fit Mélina d'une voix suppliante.
- Tu n'as qu'à louer une voiture, rétorqua Tommy du tac au tac.

Mélina voyait bien que la réaction de Tommy était celle d'un enfant boudeur.
- Sois pas comme ça, Tommy. Il y en aura d'autres des vacances, ce n'est que partie remise, lui promit-elle.

Après un court moment de silence, il se résigna à la suivre dans sa énième enquête.

4.

Il faisait déjà très noir et le faible éclairage des rues donnait la migraine à Mélina. Même si la réalité était bien différente de la fiction, elle avait parfois l'impression qu'elle tenait le premier rôle d'une série policière. Elle avait tant de fois couru dans les rues qui défilaient sous ses yeux, à la poursuite de malfrats en tous genres. La vie de Mélina, son quotidien, paraîtraient si fictifs pour un individu ayant un travail « normal » qu'elle n'en parlait à personne, même pas à un psy.

La déception de Tommy était tangible. Elle avait envie de le cajoler. Mais lui dire que sa Mitsubishi était une belle voiture n'y ferait pas grand-chose.

Elle scrutait des yeux l'environnement digital de la voiture. Il s'agissait là d'un engin aux allures futuristes que les productions hollywoodiennes, pour le plaisir du spectateur, aimaient cabosser dans les films. Sièges en cuir noir. Tableau de bord chromé çà et là. Les touches éclairées du volant devaient sans doute permettre d'accéder à de nombreuses fonctions du véhicule, à tel point qu'il fallait apprendre par cœur le manuel d'utilisation pour pouvoir profiter pleinement de ce bijou. Peut-être cachait-elle des kalachnikovs intégrées et qu'il y avait une commande permettant de les réveiller ? *En tous cas le design futuriste est toujours très impressionnant et addictif,* pensait-elle.

Tommy bifurqua vers la rue de la victoire, suivant sagement les instructions du GPS. Ils découvrirent alors une scène digne de la série *Experts Miami*. La police scientifique était déjà sur place, ainsi que le SAMU et une foule de policiers. Des curieux s'étaient également approchés de la maison, mais les forces de l'ordre barraient tous accès à la propriété.

Tommy s'arrêta net.

– C'est impressionnant, remarqua-t-il.

Mélina embrassa la joue de Tommy.

- Il y en aura d'autres des vacances, promit-elle d'une voix douce.

J'en suis pas si sûr, murmura-t-il.

Elle sortit de la voiture. Tommy la regarda marcher d'un pas décidé jusqu'à la maison. *Je ne sais pas si un jour je parviendrai à comprendre cette femme.*

Il extirpa son smartphone de sa poche. Plus de batterie.
- Eh merde ! On est en 2020 et les batteries sont de moins en moins fiables !Tommy sortit le fil du branchement de la boîte à gants et le raccorda à l'allume-cigare.

IL ÉTAIT 20H 45 lorsque Mélina présenta son badge aux forces de l'ordre devant le portail de la grande demeure de Flora Jung.

Elle est trop magnifique pour être commissaire. Oh là là, comme j'aimerais la voir en uniforme. C'est quand tu veux, se dit le garde en la dévorant du regard.

Encore une fois, l'admiration non dissimulée de cet homme la renvoya à sa beauté. Et il avait raison. Mélina Gigarri avait les lèvres légèrement pulpeuses, des yeux bleus cuivrés çà et là et des cils naturellement longs. L'éclat de ses cheveux n'avait rien à envier à ces mannequins numériquement retouchés dans les publicités pour shampoing. Son jean et son chemisier blanc qu'elle laissait entrevoir sous son manteau en laine la rendait encore plus sexy aux yeux du garde.
- Tout va bien ? demanda la jeune femme.

Le garde reprit ses esprits.
- J'espère que vous n'êtes pas sensible.

Mélina fit un léger sourire. Elle se sentait déjà mal. *Des enfants morts, c'est la première fois je crois. Oui, c'est la première fois.*

Elle passa le portail.

Les arbres étaient parfaitement symétriques et dessinaient une allée pour atteindre la porte d'entrée surdimensionnée. L'extérieur était totalement illuminé. Mélina avait l'étrange impression de pénétrer à l'intérieur d'un ordinateur tant l'architecture faisait penser à deux PC gamers reliés entre eux.

Elle remarqua le commissaire Bastien Hélium dans l'embrasure de la porte.

- Bonsoir Mélina.
- Bonsoir, commissaire Hélium, répondit-elle avec emphase.

Ne te fais pas plus hypocrite que tu ne l'es déjà, se dit-il.

- Ils m'ont dit que vous étiez en vacances.

C'est pour ça que t'es là, nota-t-elle intérieurement.

Le commissaire Hélium cultivait constamment sa barbe d'une semaine, notamment dans le but d'assombrir une partie de son visage, car sa peau était spécialement blanche. Durant son enfance, il avait à maintes reprises essuyé des insultes du type « sale albinos » « cadavre » « zombie ». Chaque mot l'avait blessé au point de décider qu'un jour, il exercerait un métier dans lequel il pourrait affirmer son autorité. Bastien n'était pas albinos, la nature l'avait juste doté d'une peau très peu pigmentée et d'yeux d'un vert perçant. Les enfants ont toujours tendance à faire des rapprochements ignobles. Cette barbe équilibrait la trop grande pâleur de son visage. Elle lui conférait en outre un côté « beau gosse » très remarquable.

- On ne voit pas ce genre de scène tous les jours, avoua-t-il en esquissant une grimace. Selon les premières expertises, la mort remonte à seulement une demi-heure.
- C'est sûrement tôt, mais je me demande bien le mobile d'une secrétaire générale des Affaires étrangères pour accomplir un acte d'une telle violence.
- Ce n'est pas tôt. À 16h, le ministre lui-même avait annoncé à la télévision sa démission, informa Bastien.
- Pour quel motif a-t-elle démissionné ? interrogea-t-elle.
- Personne ne le sait. Mais il s'agit sûrement d'un renvoi.
- Ah bon ?
- La démission a la vertu de ne pas trop agiter les fous du complot !

- Intéressant, fit Mélina.

Ils se dirigèrent ensemble vers ce que Bastien avait qualifié de bouche des enfers. Mélina ressentait un mélange malsain de hâte et de répugnance. Un flic prend toujours plaisir à voir des morts. *Et une scène comme celle-ci, ça vaut le détour ! On est humain après tout.*

Ils pénétrèrent dans le salon après s'être équipés de surchaussures et d'une charlotte. Mélina contempla d'abord le décor de la pièce. Les murs étaient blancs. Un grand téléviseur plasma trônait sur un meuble d'angle bon marché. Quelques fleurs de lys égayaient la pièce. Puis son visage convergea vers la table. Les verres vides et les gouttes de sang qui maculaient la nappe lui donnèrent la chair de poule.

Le visage angélique du petit garçon endormi lui fit perdre l'esprit un court instant. Elle s'approcha de l'un des corps chétifs écroulés sur le sol. La vision de l'énorme blessure sur la nuque du garçon lui donna la nausée.

Elle se précipita à l'extérieur et vomit.

Elle en avait pourtant vu des alcooliques qui vomissaient de partout dans leur cellule et des prostituées que l'on retrouvait dans un vide-ordures. Une affaire l'avait même conduite sur le lieu d'un crime où la victime avait était sauvagement décapitée avec un couteau de cuisine. C'est déjà atroce lorsque le tueur maîtrise sa technique, mais lorsqu'il ne la maîtrise pas, les policiers sont confrontés à un carnage, une véritable boucherie. Elle n'avait pourtant jamais vu le corps refroidi d'un enfant baignant dans le sang de sa mère.

Le commissaire Hélium vint la chercher. Il posa gentiment sa main sur son épaule.

- Je savais que ce genre de scène de crime n'était pas fait pour une femme.
- Réputation de misogyne, lança-t-elle.
- Je n'ai pas vomi moi, lui fit-il remarquer avec un clin d'œil.

Mélina entra de nouveau dans la salle à manger. Les deux

policiers scientifiques revêtirent un uniforme blanc, des gants et des chaussures avec une synchronisation presque parfaite. Ils ouvrirent des valises et commencèrent à prélever des échantillons de sang. L'un d'entre eux passait au peigne fin toute la pièce.

Mélina se dirigea ensuite vers le corps de Flora Jung. Elle ne l'avait vue qu'à travers un écran de télévision et toujours furtivement. En dépit de ses grandes responsabilités, il était manifeste que la femme politique était naturellement réservée. Mélina aurait dû ressentir de l'antipathie en la voyant, mais tel ne fut pas le cas. Jung était morte et il ne fallait plus la juger. Elle se souvint tout de même d'une brève interview dans laquelle elle se disait clairement opposée au conflit israélo-arabe. Mais il s'agissait sûrement d'une couverture pour glorifier son image. *Une personne qui tue des enfants ne peut pas avoir le moindre sentiment pacifique face à des guerres.*

Aymeric Jude, le policier scientifique, s'approcha d'eux et serra la main du commissaire Gigarri.

- Bonsoir, commissaire Mélina Gigarri, si je me souviens bien...
- Exact.
- La mort remonte à une demi-heure à peine. Ni la mère ni les enfants ne sont tout à fait froids.

Tout à fait froids, répéta Mélina. Ce langage cru, elle l'avait entendu tellement de fois... Entre professionnels, pas de mot compliqué. Pour des enfants, ce n'était pas approprié.

- Les enfants ont sûrement était drogués. Cependant, la mort n'est pas due à une overdose. Sans en être certain, je pense qu'ils ont d'abord été plongés dans une mort cérébrale.

Sûrement l'AZ-4, pensa Mélina, mais elle se retint d'en parler, Bastien lui aurait immédiatement rappelé sa tendance conspirationniste.

- Avez-vous trouvé d'autres indices ?
- Oui, il y avait deux implants au sol.

Les deux commissaires baissèrent les yeux, comme un peu gênés

d'apprendre ça. Ils savaient de quoi il s'agissait. Tout le monde savait de quoi il s'agissait.
- Les enfants étaient donc malades et soignés par « l'informatique », constata le commissaire Hélium.
- Oui, et ce ne sont pas les seuls. Il y en a plus de douze millions dans le monde, rappela le scientifique.
- C'est terrible, répondit Mélina. Est-ce après les avoir tués qu'elle a arraché les implants ?

Elle se rendit instantanément compte de la stupidité de sa question. Même si Flora ne les avait pas tués avant d'extirper l'implant, la manière utilisée les aurait fauchés de toute manière.
- Mélina, je crois que tu es fatiguée, constata le commissaire Hélium.
- Excusez-moi, mais il y a bien une raison. Elle a certes évité le martyr à ses enfants en les tuant avant d'arracher l'implant, mais nous sommes en présence d'une mise en scène qui cache certainement un secret.
- Depuis le lancement du traitement « informatique », énormément de gens le refusent, informa le scientifique. On les estime à 20 %.

Mélina ne croyait pas en cette thèse. En dépit de l'exclusion de ce traitement médical « informatique » dans sa phase de test par la bioéthique, c'était le seul à avoir prouvé sa capacité à soigner la plus grave maladie de tous les temps. Mélina ne voyait pas Flora Jung faire partie de ces résistants.
- Quoi d'autre ? demanda Mélina.

Le scientifique dirigea son regard vers le mur.

4x0 11 4x0.

- Si nous ne sommes pas en présence d'une mise en scène, alors qu'est-ce que c'est ? insista la commissaire Gigarri.

Hélium restait silencieux.
- Le code a été écrit avec son sang, précisa-t-il.
- Nous l'aurions deviné, marmonna Mélina à voix basse.

Elle prit une photographie avec son BlackBerry 20. Hélium n'avait apparemment pas les mêmes réflexes, et ça l'irritait de

voir une femelle faire preuve de plus de professionnalisme.
- Cette femme a dû être projetée au mur, supposa le scientifique en leur montrant du doigt les traces d'impacts.
- Ça signifie qu'une autre personne s'est introduite dans la maison au moment de l'acte, observa Mélina. Et que cette même personne a voulu la stopper.
- En plus, le code est écrit en bas du mur, continua le policier scientifique. Elle était donc à terre au moment de noter ces numéros.

Hélium commençait à ne plus supporter cette jeune commissaire qu'il avait tant de fois prise pour une incompétente. Bien qu'il tentât de n'en rien laisser paraître, il la méprisait. Il savait qu'elle n'allait pas être sur l'enquête. Comme il s'agissait d'une femme politique, le ministère de l'Intérieur nommerait le commissaire et il était presque sûr, du haut de son estime de soi, que le gouvernement le désignerait.

- Oui, les jambes sont légèrement écartées et le buste est incliné à 25°, continua Aymeric Jude. En plus, on voit nettement les éclaboussures de sang sur le mur.
- Ce qui signifie ? demandèrent les commissaires parfaitement synchronisés.
- Qu'elle s'est relevée avant de se trancher la gorge.

Le scientifique tendit un gant à Mélina. Elle l'enfila, puis s'agenouilla pour examiner une nouvelle fois le visage de la femme politique. Sur sa veste, elle aperçut le symbole d'or du parti nazi.

- Effectivement, elle ne devait pas être ce qu'elle prétendait, constata-t-elle à la vue du médaillon.

Tu ne crois pas si bien dire, se murmura Hélium. Le commissaire avait déjà fait un petit tour dans la maison. Et le moins que l'on puisse dire, c'est qu'elle renfermait tous les éléments susceptibles d'alimenter la folie d'une personne.

Mélina Gigarri décrocha le médaillon, le déposa dans un sachet plastifié puis le confia au scientifique. Hélium le remercia d'avance.

- De toute manière, vous aurez le rapport d'expertise très prochainement.
Le scientifique continua ses travaux. Perplexe, Mélina monta les escaliers en abandonnant son confrère. Il la rattrapa illico.
- Tu n'es pas sur l'affaire ! s'exclama Hélium. Tu devrais être à l'aéroport à l'heure qu'il est. Qui t'a prévenue ?
- Georges Béliec, répondit-elle d'un air arrogant.
- C'est impossible.
- Appelle-le.

Hélium savait qu'elle ne mentait pas, elle faisait partie des protégées du directeur de la police nationale. Donc mieux valait éviter de la faire passer pour une menteuse.
- Dis-moi ce que tu sais au lieu de me détester. Vu ses nombreuses autres perspectives professionnelles, je ne crois pas qu'une éventuelle déchéance sociale ait motivé ces meurtres.
- Cette femme a été renvoyée parce qu'elle fréquentait Résali, commença-t-il.
- La pension Résali ? s'étonna Mélina.

Avec cette information, la tournure que prenaient les événements devenait intéressante, puisqu'elle pensait que Résali était clairement à l'origine du génocide orchestré sur le sol français.
- Un groupe sectaire qui, selon toi, rassemble des néonazis...
- Et des Témoins de Jéhovah, l'union fait la force, compléta Mélina.
- C'est surtout l'union de fausses preuves qui font la force d'une fada du complot.

Elle avait tellement l'habitude de se faire traiter de conspirationniste qu'elle fit profil bas après cette remarque et continua :
- Voilà donc la preuve que cette femme utilisait ses fonctions aux Affaires étrangères pour des raisons qui nous échappe.
- On n'a aucune preuve !

Il m'énerve.
- Laisse-moi regarder la maison.
- En théorie, il est interdit de toucher à une scène de crime.
- Juste en théorie, je ne vais pas mettre mes mains partout.

Bastien ne pouvait pas vraiment l'en empêcher et puis si elle commettait la faute de laisser ses empreintes sur le mobilier, cela pourrait le servir. Alors, il la laissa faire.

Elle monta l'escalier si hâtivement qu'elle faillit trébucher à l'avant-dernière marche. Mélina tenait peut-être dans ses mains l'enquête qui la conduirait à faire démanteler Résali. Beaucoup d'idées se bousculaient dans son esprit.

Jung faisait partie de Résali.

Mélina soupçonnait Résali d'avoir introduit l'AZ-4. Peut-être que Flora Jung était liée à l'AZ-4 ? Le ministère des Affaires étrangères l'aurait donc exclue après avoir découvert le vrai visage de la secrétaire générale.

Flora Jung faisait partie d'une secte très dangereuse, et il fallait qu'elle trouve le maximum de preuves susceptibles de la faire avancer pour dévoiler la véritable origine de l'AZ-4.

À quelques mètres de là, Tommy s'impatientait dans l'habitacle de sa « chérie ». Il s'empara de son smartphone à la coque chromée, la batterie n'était qu'à 20 % de sa charge.

Comme cet objet très perfectionné était muni d'une reconnaissance vocale, il demanda l'ouverture de l'application Télévision.

Sur BFMTV, une journaliste évoquait l'imminence de la présence du ministre des Affaires étrangères sur place. Avec surprise, il constata qu'on voyait sa propre voiture en arrière-plan de la jeune femme qui relayait l'info. *C'est anecdotique, s'amusa-t-il de découvrir sa propre voiture en direct alors qu'on est à l'intérieur !*

5.

21h00.

La clinique du professeur Billy Emman occupait tout le plus grand gratte-ciel français. Sa façade et ses fenêtres fumées, s'élargissant avec l'attitude pour limiter l'effet de hauteur, faisaient penser au monolithe dans *2001, l'odyssée de l'espace*. La tour était surnommée le « vaisseau spatial de la guérison miraculeuse ». Le gratte-ciel portait bien son nom : douze millions d'individus avaient été soignés pour la maladie de l'oubli dans cette enceinte. Hautement sécurisé, il était interdit de pénétrer dans les entrailles de ce géant noir, même au rez-de-chaussée, à moins de faire partie du personnel, ou d'être soi-même malade.

Au 12ème étage, Billy Emman bénéficiait d'une salle d'expérimentation privée. Elle avait la beauté hypocrite de l'anti-chambre de l'enfer avec ses IRM, moniteurs de contrôle, électrocardiogrammes qui composaient son décor.

Le grand professeur enfila sa blouse blanche et remplit une seringue d'un liquide jaunâtre. Il se dirigea ensuite au milieu de la pièce où, barricadé dans une cage aux barreaux chromés, un singe d'Asie dormait.

Il ouvrit la cage.

Les singes font des bons cobayes, aimait-il à répéter inlassablement.

En plus de sa captivité, l'animal présentait de nombreuses perfusions posées sur le corps. Un téléviseur montrait la fréquence de ses battements cardiaques.

Emman ouvrit la cage et le caressa doucement. Il avait embrigadé des centaines de singes durant ces vingt dernières années... Les expériences menées sur ces animaux les avaient tous tués, mais aucun d'eux n'était mort en vain. La folie du professeur Emman l'avait conduit à mettre au point le seul traitement pour guérir de la plus menaçante des maladies du XXIème siècle. Il était ainsi devenu l'un des hommes les plus riches au monde, alors il en profitait pour continuer ses expérimentations dans l'ombre. Il gardait toujours bonne conscience, rien de grave prétendait-il, puisqu'il ne les pratiquait pas sur des humains.

Il traversa l'épiderme du singe avec son aiguille. Après quelques secondes, l'animal convulsa, mais Billy ne sembla pas s'inquiéter de cette crise.

Il regarda aussitôt sur les écrans la formation des images en trois dimensions d'une forêt. *Ça fonctionne,* se félicita-t-il.

Ce n'était pas d'aujourd'hui que l'imagerie médicale cherchait à retranscrire partiellement les pensées humaines sur écran. En 2020, ce n'était pourtant pas encore au point. Alors Billy poursuivait ses tentatives d'extraction d'images cérébrales sans relâche. Son vœu ? Découvrir les pensées humaines sur un écran telle une caméra de surveillance. Peu importe s'il fallait acheter des milliers de singes pour y parvenir ! Il stoppa l'opération et éteignit les moniteurs.

Le singe émergea de son sommeil. Comme s'il comprenait qu'il se trouvait dans les mains d'un immonde bourreau, il fixa le professeur avec effroi.

Billy le débrancha. L'animal sans conscience sortit de la cage. Après quelques minutes, d'autres convulsions le secouèrent, ce qui propulsa le scientifique en arrière. Ses lunettes voltigèrent de l'autre côté de la pièce. Le singe détruisit une bonne partie des équipements de la salle.

Le professeur attrapa une autre seringue de sédatif et s'approcha tout doucement de lui comme un lion sur sa proie. Il parvint à l'empoigner et à l'empêcher de bouger. Le singe se calma cinq secondes seulement après la piqûre.

Il le reposa dans la cage et ferma.

Le Président de la République pénétra dans la pièce. Le regard du professeur Emman n'afficha aucune surprise, Derniss n'était après tout qu'un simple collègue pour lui.

- L'opération Mona Lisa II n'est pas au point, constata le chef de l'État à la vue de ce spectacle.

- Non, répondit Billy.

Derniss s'approcha de l'animal endormi. Il percevait une légère goutte d'eau sous ses yeux comme un enfant que l'on aurait martyrisé.

- Les animaux sans conscience sont des êtres bénis, fit le président.

Les animaux sans conscience existent simplement pour améliorer notre espèce, pensa Billy.

- Combien de temps faudra-t-il pour terminer ce programme ?
- Mona Lisa II n'est qu'une expérimentation, répondit Emman.

Son silence trahissait ses doutes.

- Avez-vous corrigé les dysfonctionnements du premier programme ? Vous savez celui qui guérit ces millions de personne de la maladie que vous redoutez tant, Monsieur Emman. La maladie de l'oubli.
- J'ai renforcé la sécurité du système.
- Cela ne suffit pas, reprocha le Président.
- Aucun ver informatique ne peut s'introduire dans le système, à moins d'être rédigé en langage de programmation ML+ que personne ne connaît.
- Eckkert pense comme moi, affirma Derniss.
- Vous vous intéressez à l'avis des Témoins de Jéhovah qui financent les néo-nazis ? questionna Billy, stupéfait.
- Les Témoins de Jéhovah ont le droit de financer qui ils veulent ; je me permets de vous rappeler qu'ils ont également subventionné la majorité de vos tests pour mettre sur le marché le traitement qui a fait de vous l'homme le plus riche et le plus adulé de la planète.
- Ça ne leur donne pas le droit d'être consultants sur un programme médical.

Georges Derniss s'approcha de la baie vitrée. Il fixa la lumière du phare de la tour Eiffel, puis se retourna en direction de Billy Emman qui ne le l'avait pas lâché des yeux.

- C'est la mort de cette femme qui les inquiète, commença-t-il.
- Pardon ?
- Flora Jung est morte Billy.

Le professeur Emman observa un silence. Il essaya de rassembler toutes les possibilités de nuisance que cet acte pourrait lui causer.
- Mais... (il bégayait)... et ses enfants ?
- Elle les a tués, sauf Helga.
- Où est-elle désormais ?
- Introuvable.

Le président mentait. Il avait localisé la gamine, mais il aimait voir souffrir Emman. Il savait à quel point cette fille était précieuse pour lui. Et ça n'avait pas manqué. Cette révélation avait accéléré la fréquence cardiaque du scientifique. Ses yeux sortaient de leurs orbites, il remit nonchalamment ses lunettes cassées sur son nez.
- Qui l'a enlevée ?
- Le Palestinien, répliqua le Président.

Eddy Alsoufi avait été baptisé « le Palestinien » par le service de renseignement Français. Il avait certes vendu son âme au hezbollah Libanais, mais l'un des enquêteurs privé du DCRI avait découvert son fanatisme pour l'histoire de la Palestine. D'où le surnom.
- Il faut absolument la retrouver avant que le Mossad n'intervienne.
- Ah oui, c'est vrai que nos confrères Israéliens vous aiment beaucoup.

Le Président pouffa de rire.
- Le Mossad ne se déplacera pas pour si peu, continua le chef de l'état, le fou rire subitement éteint. Vos hommes, au premier étage de votre magnifique clinique, sont payés à se tourner les pouces. Envoyez-les donc à la recherche de cette fille.
- Si vous n'êtes pas capable de gérer une situation aussi

simple, je ne donne pas cher de votre peau.
 Le Président aurait dû contre-attaquer à cette menace, mais Billy n'était qu'un gamin qui s'affolait lorsqu'il manquait un jouet dans sa salle de jeux. Et il considérait bien Helga comme son précieux jouet. Qu'il venait de perdre.
 - Nos services de renseignement savent qui il est. Savent quel est son but. Retrouver le livre ! Les fous de Dieu sont encore là, professeur Emman. Cette fille est simplement une aide pour arriver à cette fin. Qu'est-ce que vous voulez qu'il fasse à part vous l'a ramener dans une ou deux heures ?
 – Ça ne vous donne pas le droit de rester là sans rien faire.
 – Je n'ai jamais dit ça.
Derniss laissa le scientifique dans sa forteresse médicale. Billy versa du whisky dans son verre qu'il but aussi vite qu'un verre d'eau. Il n'était pas du genre à fuir les responsabilités. Il trouverait un moyen pour que ce terroriste lui ramène Helga.

6.

21h 00.

Mélina découvrit la chambre du petit Hildegard, le garçon de quatre ans. Sur les murs peints en bleu clair, on avait scotché un poster de Robocop. La housse de couette était recouverte de personnages de Spider-Man.

Mélina n'avait jamais eu d'enfant. Elle n'en rêvait même pas, mais cette chambre magique lui donnait tout à coup le cafard. Elle aurait tellement voulu extraire le souvenir de sa propre chambre d'enfant, mais c'était une image codée qu'elle avait tant de fois échoué à décrypter. De ses sept premières années ne restait qu'un vide immense, le même vide que l'on ressent avant notre naissance. Le néant total.

Son portable sonna. Tommy. Elle ne décrocha pas.

Elle envoya un texto : « Je suis désolée, sois patient ».

Elle ouvrit le tiroir de la table de nuit où elle trouva la bible de la pension Résali. Elle en avait lu un résumé quelques années auparavant, un plagiat maladroit de Mein Kampf, et du Coran ainsi que la doctrine des Témoins de Jéhovah qui trouvait également sa place dans une partie de ce texte.

Tel le coran, la bible de cette secte néo-nazie pouvait donner au lecteur la vague impression de trouver le chemin de la paix, dans lequel le Juif serait considéré comme un égal. Vague impression seulement puisque qu'il rappelle, deux pages plus loin, l'un des versets antisémites du Coran.

« *O vous qui persistez dans le Judaïsme ! Si vous pensez que vous êtes favoris d'Allah... Mais ils n''exprimeront pas leur désir, à cause de ce que leurs mains ont envoyé devant eux : Allah sait bien ceux qui font le mal.* »

Et cette contradiction continuait à s'étaler sur des centaines de pages.

La bible Résali poussait le raisonnement encore plus loin.

Mélina se rappelait avoir lu des passages concernant leur spiritualité. Comment demander pardon à Hitler ? Comment purifier son âme de national-socialiste raté ? La mortification corporelle servait de remède. On interdisait aussi le don de sang. *Du Témoins de Jéhovah tout craché,* pensa Mélina.

Elle remit soigneusement le livre sacré dans le tiroir, puis le repoussa. Mélina Gigarri sortit et continua sa visite dans les six autres chambres. Chacune contenait un exemplaire de cet ouvrage. Résali faisait indéniablement partie de la famille.

Après ces visites, la jeune commissaire pénétra dans le bureau personnel de Flora. Tout y était rangé à la perfection. Elle ne chercha pas à pénétrer à l'intérieur de la mémoire de l'ordinateur McBook pro qui était éteint. Elle pensait que les étagères révéleraient davantage l'histoire de la femme politique. Elle ouvrit le grand placard en bois. Il renfermait surtout des documents professionnels sur la politique extérieure.

Pas tous.

Elle trouva la photo d'une adolescente aux cheveux partiellement rasés entre les pages jaunies d'un vieux livre d'école.

En examinant le cliché de plus près, la ressemblance physique avec Flora Jung lui sauta aux yeux. Un logiciel de vieillissement facial n'aurait certainement pas contredit cette intuition. Puis elle continua à consulter les quelques documents personnels réunis dans ce vieux cahier.

La commissaire rassembla mentalement toutes les informations recueillies sur le passé de Flora Jung. Elle avait appris ses démêlés judiciaires à l'âge de 16 ans pour avoir blessé un jeune noir dans le métro de Berlin. Les néo-nazis associaient cette race humaine à l'esclavage, alors elle n'avait rien à faire sur le territoire allemand. Du fait de son tatouage au bras, une svastica, on avait immédiatement qualifié son acte de xénophobe. Il était vrai que son éducation avait été bâtie sur les valeurs du national-socialisme. Flora avait été exclusivement élevée par la pension Résali, et les dirigeants durent payer cinq mille deutschemarks, à l'époque, pour réparer l'erreur de leur petite protégée. Pourtant, il semblait bien que ce soit cette secte qui l'avait ramenée dans le bon chemin. Après des études de droit en France, Jung occupa un poste d'ambassadrice, puis devint secrétaire générale aux Affaires Étrangères. Mélina soupçonnait bien sûr une ruse dans cette ascension sociale. Un complot forcément. Ce soir, Flora Jung avait peut-être réalisé que cette secte l'avait conduite jusqu'à une impasse, que seule la mort pourrait ouvrir.

Elle ne trouva rien concernant ses vrais parents, ni sur l'AZ-4. Mais elle sentait que la femme politique avait un lien avec l'AZ-4.

Mélina sortit du bureau, dégringola les escaliers et rejoignit le commissaire Hélium.

- On trouve la bible de cette secte dans toutes les pièces de la maison, annonça-t-elle.
- Éducation curieuse pour des enfants, n'est-ce pas ? ironisa Bastien avec un petit sourire narquois.
- Curieuse ? Tu veux rire ! Avec cette éducation totalement nauséabonde les enfants étaient formatés pour devenir antisémites, pour ne pas se montrer charitables envers les malades, pour s'isoler socialement, pour ne pas fêter Noël, Pâques ou Halloween et plein d'autres trucs. Cette bible résume toutes ces idéologies.
- Le financement de Résali par les Témoins de Jéhovah n'a jamais été prouvé, rétorqua-t-il. Les néo-nazis ont simplement plagié une partie de leur doctrine. Je te rappelle que les Témoins sont restaurationnistes, donc critiques envers toutes les autres religions.
- Ce qui leur permet surtout de faire des affaires avec *toutes* les autres religions, mais dans l'ombre.
- C'est de la conspiration.
- Appelle ça comme tu voudras.

Soudainement les sanglots d'une femme les surprirent. On aurait dit qu'elle avait perdu tous les membres de son corps en contemplant le spectacle macabre dont son employeur était

l'auteur.
- Qui est-ce ? demanda Mélina.
- La nourrice. C'est elle qui nous a prévenus.
- Nous ne l'avons pas remarquée au début.
- Elle était totalement choquée, alors le SAMU l'a prise en charge. Elle voulait voir les enfants une dernière fois, supposa le commissaire Hélium.
- Est-ce que je peux l'interroger ?
- Est-ce que je peux *moi* l'interroger ? rétorqua Bastien. Ce n'est pas toi qui es sur l'affaire Mélina ! Je trouve ton comportement totalement inapproprié. Je vais réitérer ma question. Pouvons-nous l'interroger *ensemble* ?

Hélium ne répondit pas. *Elle n'aurait pas pu tuer les enfants une heure plus tard cette folle ? J'aurais été débarrassé de cette connasse de pimbêche qui sait tout faire mieux que tout le monde, fulminait Hélium.*

- En plus, je suis une femme. Ce sera plus facile.

Le commissaire Bastien Hélium se résigna une nouvelle fois à obéir à ses ordres.

Mélina ne savait pas comment se comporter devant la tristesse de cette femme maintenant assise sur le canapé. De gros yeux couleur ébène brillaient sous ses larmes, et de longs cheveux bruns encadraient son visage à la peau satinée. Si son allure ne lui permettait pas de figurer sur la liste des plus belles femmes du monde, c'est tout simplement parce qu'elle n'affectionnait pas le maquillage ni les beaux vêtements. Il était évident que Pénélope Servet, l' une de ces employées modèles à qui l'on peut tout demander, avait apporté beaucoup plus d'amour à tous ces enfants que leur propre mère qui venait de les assassiner.

Mélina pensa tout à coup à Tommy qui attendait depuis bientôt quarante minutes dans sa Mitsubishi. Mais il fallait avant tout qu'elle interroge cette femme, alors elle prit place en face d'elle.
- Bonsoir, Madame. Je vous présente mes plus sincères condoléances.

Qu'est-ce qu'elle en a à foutre de tes condoléances ? Elle

pleure parce qu'elle n'a plus de travail, rumina Hélium.
- Puis-je vous poser quelques questions ?
- Bien sûr Madame la Commissaire.

Mélina afficha un sourire de respect.
- À quelle heure exactement avez-vous prévenu les autorités ?
- Je commence ici à 20h 15 tous les soirs. En arrivant, j'ai constaté que la porte d'entrée était déjà entrouverte.

Pénélope Servet interrompit son témoignage pour essuyer ses larmes.
- Quand j'ai vu ce désastre, continua-t-elle d'une voix tremblante, j'ai d'abord cru que c'était un inconnu qui avait commis ces meurtres. Puis le médecin m'a informée que c'était Flora, leur propre mère. C'est insensé !
- Courage Madame.
- C'est moi qui m'occupais de faire leur toilette et de les endormir, continua la nourrice.
- Est-ce que vous avez remarqué quelque chose d'étrange ces derniers temps ? questionna Hélium.

Mélina voyait que la nourrice hésitait à révéler des informations capitales. Elle avait l'impression de percevoir des écritures dans ses yeux. Une révélation. Elle aurait voulu s'introduire dans la circulation neuronale de l'Espagnole pour les extirper.
- Regardez ce désastre. Il faut nous parler maintenant, insista la jeune commissaire.
- Bien sûr. Flora Jung était une femme vraiment particulière. Le qualificatif de « bizarre » ne suffit même pas.
- Continuez...

Elle essaya d'esquiver la question et dit :
- Mais je n'aurais jamais pu penser qu'elle irait jusqu'au meurtre. Je suis certaine qu'elle aimait ses enfants.
- Permettez-moi d'en douter, objecta Hélium.
- Pourquoi dites-vous qu'elle était bizarre ?
- Les enfants devaient apprendre quotidiennement les

versets du Coran, reprit la nourrice. Enfin, surtout ceux qui ont servi de support à cette bible Résali que vous tenez dans vos mains.

Mélina reposa le livre sur le divan comme s'il s'agissait d'une relique maudite.
- Surtout les passages antisémites, continua la nourrice. Et lorsque les enfants avaient le malheur de réfléchir trop longtemps sur le sens d'un verset qu'ils ne comprenaient pas, elle refusait de leur expliquer.
- Pourquoi ?
- Je n'en sais rien, se défendit Pénélope Servet.
- Avouez que c'est un peu flou, lança Bastien.
- C'est peut-être parce qu'il ne fallait pas qu'ils réfléchissent... avança la nourrice.

Elle avait vu juste. C'était tout à fait la manière de procéder des milieux sectaires : vouer un culte à une idéologie sans réfléchir. Juste l'adoration, cette dévotion caractéristique des islamistes, des nationaux-socialistes et de tous les radicaux. Et même des chrétiens d'ailleurs.
- Exact, corrobora Mélina. Mais cette histoire parait tellement incensé ...
- Elle ne s'est tout de même pas convertie à l'islam ! s'étonna Hélium.
- C'était assez ambigu. Suivant son idéologie, elle croyait dur comme fer que le Juif était une race impure. Donc, elle croyait au Coran sans être de confession musulmane.
- D'accord. Avez-vous vu des Témoins de Jéhovah ici ? interrogea Gigarri.

La femme ne comprit pas la question et lui lança un air interrogateur :
- Des Témoins de Jéhovah ?
- Le commissaire Mélina Gigarri voulait savoir si vous aviez vu des adeptes de la pension Résali en personne.

Eh oui Mélina, tout le monde n'est pas complotiste, les Témoins de Jéhovah ne sont peut-être pas du tout liés à Résali...

- À quoi ressemblaient-ils ? poursuivit Hélium.

C'est vraiment des commissaires là devant moi ?
- À des humains, bien sûr.

Mélina ne put s'empêcher de rire.
- Nous voulions savoir si en leur présence...
- ... il se passait des choses plutôt inhabituelles, enchaîna Mélina.
- Ils examinaient les enfants et ils vérifiaient qu'ils avaient bien étudié la bible Résali.
- Comment s'appelaient-ils ?
- Je n'en sais rien Madame ! Je ne les ai vus qu'une fois. J'en ai très vite conclu qu'ils ne souhaitaient pas ma présence.

Bien que n'étant pas mentaliste, Mélina n'avait décelé aucune tension sur cette dernière phrase. La nourrice ne mentait pas.
- Parfait. J'ai une autre question, poursuivit Mélina. On compte sept chambres aménagées dans la maison, mais seulement cinq enfants gisent à terre.

Pour Bastien, le « seulement cinq enfants » dépassait les limites.
- Fais attention à la formulation de tes phrases, souffla-t-il.
- Pardon, on a retrouvé cinq enfants alors qu'il y a sept chambres aménagées, corrigea Mélina.

La nourrice regarda vers la cuisine.

Effectivement, Helga.
- Il manque la plus grande, Helga. C'est son anniversaire aujourd'hui, douze ans. Je n'avais pas fait le rapprochement, j'étais tellement bouleversée.
- Nous vous pardonnons.
- Où pourrait-elle se trouver ? pressa Hélium.
- Je ne comprends pas. Les enfants ne sont pas autorisés à sortir ni à fréquenter d'autre lieu que l'école.

Encore « du » Témoins de Jéhovah, observa Mélina. Hélium chargea un des scientifiques d'une fouille plus approfondie de la maison. Il s'exécuta.
- Que pouvez-vous nous indiquer plus précisément sur

cette petite fille ?
- Elle n'appartient pas à la fratrie. Son père s'appelle Eddy Alsoufi. J'ai entendu dire qu'il a pris une fausse identité.

Mélina se souvenait de ce nom. Il travaillait pour le Hezbollah. Officiellement dommage collatéral d'un attentat à la voiture piégée, en décembre 2019, dans une rue de Tel-Aviv, on n'avait retrouvé aucune trace de son corps. On avait juste présumé qu'il devait se trouvait là au moment de l'attentat meurtrier. Il était donc tout à fait possible, pour Mélina, qu'il soit vivant. Cette information appuierait davantage l'antisémitisme de Flora, mais elle ne voulait pas y accorder d'attention. Elle éprouvait le sentiment que cette histoire cachait quelque chose de plus complexe.
- Reste-t-il quelque chose d'autre à savoir sur Helga ?

La nourrice rechignait à servir de journal intime de la famille Jung.
- Ces choses relèvent de la vie privée.
- Il faut tout nous dire, même si vous pensez que ça n'a rien à voir avec ce carnage. Il n'y a plus de vie privée désormais.
- Je peux vous parler du comportement d'Helga.
- Oui.

Bastien Hélium s'assit avec l'impression qu'il allait beaucoup apprendre du reste de la conversation.
- Je n'étais pas encore au service de la secrétaire générale, mais Flora Jung m'en avait parlé. Elle avait contracté une infection pendant sa grossesse décelée trop tardivement. La petite Helga est venue au monde en ayant connu, dans le ventre de sa mère, les pires douleurs. Cinq ans après sa naissance, elle a revécu ces horreurs.
- Expliquez-vous.
- Philippe Ducroix l'a enlevée. Flora Jung s'est arrangée pour que les médias ne sachent jamais qu'il s'agissait de sa fille.

Mélina connaissait ce redoutable prédateur. Elle ne voulait

donc pas en apprendre davantage sur cette histoire.
- Et puis elle est devenue une enfant hyperactive, repliée sur elle-même, continua la nourrice. Elle avait pris goût à des choses étranges, comme le sang par exemple.

Un peu comme sa mère.
- Dans quelles circonstances l'avez-vous observé ? demanda Mélina.
- Elle avait tué le petit chien de la famille avec un couteau de cuisine, puis avait ingurgité le sang de l'animal.

Bastien se retint de rire, puis il explosa. Mélina et Pénélope lui lancèrent un regard méprisant, tant il manquait de professionnalisme.
- C'est tout à fait sérieux, Monsieur. Je ne suis pas une menteuse.

Bastien reprit son sérieux.
- Continuez, permit Mélina.
- Elle a même blessé ses frères et sœurs alors qu'ils étaient encore tout bébés. Lorsque la crise de démence la prenait, elle cassait les fenêtres de la maison, vidait les tiroirs et faisait pipi partout.
- Comment cette histoire s'est-elle terminée ?
- Après des mois d'hésitation, Flora a fini par accepter son internement. Elle y a reçu d'excellents traitements. Il lui arrivait encore de faire des crises, mais rien de grave. Il fallait simplement lui administrer du lorazépam, et elle se calmait.

Mélina cligna des yeux, elle avait soudainement besoin d'une aspirine. Le fait qu'un enfant puisse être interné la frappait au cœur. Gigarri avait certes été turbulente durant sa propre jeunesse, mais jamais au point de terminer en hôpital psychiatrique.
- Eh Mélina… Tout va bien ? lui demanda Bastien.
- Oui, balbutia-t-elle.

Elle reprit ses esprits.
- Vous ne pensez pas plutôt que c'est l'éducation de Flora Jung qui a agi sur son mental ?

- Mais elle ne faisait étudier cette bible antisémite aux enfants qu'une seule fois par semaine ! Non. Helga n'avait pas la notion du bien et du mal. En regardant ses yeux, Madame, c'était le diable qu'on voyait.
- N'exagérez pas.
- Mais c'est surtout après l'opération préventive de la maladie qu'elle s'est totalement apaisée. C'était même une excellente élève avec un quotient intellectuel de 135.
- Carrément surdouée ! souligna Bastien.
- D'ailleurs, elle a payé cher le prix de sa différence. Ses frères et sœurs ne l'aimaient pas beaucoup. Alors, elle s'est peu à peu renfermée sur elle-même. J'en avais fait part à sa mère, qui ne s'en est pas vraiment préoccupée. Elle pensait que sa tristesse passerait avec le temps. Si vous ne retrouvez pas Helga, elle sera littéralement perdue. Entre les mains d'un homme mal intentionné, elle peut basculer à tout moment. Et surtout quand elle se rendra compte du massacre perpétré par sa mère.
- Basculer dans quoi ? demanda Mélina, perplexe.
- Dans la démence.

La femme se mit à pleurer doucement. Mélina partit lui chercher un verre d'eau. Elle voulait justement parler de l'implant et il fallait qu'elle pose une dernière batterie de questions à Pénélope Servet.

7.

En 2020, la maladie de l'oubli avait touché plus de douze millions de personnes dans le monde. Autant d'enfants que d'adultes. En conséquence, les plus grands scientifiques avaient dû accélérer leurs recherches pour mettre un traitement au point. Au grand désespoir de l'organisation mondiale de la santé, il s'agissait d'un traitement « informatique ». Les souvenirs étant stockés dans le cerveau comme des cartes par lesquelles les neurones forment des routes, il suffisait d'entretenir ses réseaux de matières grises en envoyant des neurones artificiels. Il fallait connaître les moindres ressorts du fonctionnement du cerveau humain pour inventer un programme capable de se marier totalement avec le système nerveux. Et ainsi préserver la mémoire implicite (les gestes de la vie quotidienne) et explicite (les souvenirs). Billy Emman fut le premier scientifique à proposer ce genre de soins.

Ce traitement était vu par certains comme l'accouplement le plus parfait entre l'informatique et l'humain. Un accouplement diabolique ! Mais il effrayait beaucoup moins que la perte de la mémoire. Et il fallait se dépêcher avant que des millions d'homo sapiens deviennent des monstres sans repères. Il ne s'agissait là que d'une pseudo-guérison, mais elle suffisait largement.

Mélina apporta un autre verre d'eau à la nourrice.

– Je suis certaine que les enfants vous adoraient.

Hypocrite, marmonna le commissaire Hélium.

– Est-ce que les enfants étaient conscients de leur maladie ?
– Oui, Flora ne leur avait pas caché. Ils étaient soignés.
– Madame Jung émettait-elle des doutes envers la médecine informatique ?
– Je n'en sais rien, Commissaire. À l'origine, la Mecque rejetait ce traitement. Apparemment, les organisations antisémites ont suivi la pensée.

C'était exact. La clinique du docteur Billy Emman fut bombardée à deux reprises par un groupe religieux en 2017.

YouTube, foyer de cette résistance, avait présenté dans une vidéo un homme devenu totalement tétraplégique à la suite de l'opération, puis un autre transformé en psychopathe avide de sang humain. Mais ces effets secondaires ne se produisaient que très rarement. Et depuis six années, 99,8 % des implantés se portaient très bien. Finalement, l'allocution du pape calma la plupart des résistants : il considérait ce traitement comme un don de Dieu qu'il ne fallait pas rejeter.
- Revenons au sujet de la fille. Notre confrère vient de tout vérifier, elle n'est apparemment pas dans cette maison. Avez-vous une photo ?
- Il y a un album dans le placard.

Hélium l'ouvrit puis saisit l'album. Il revint vers l'Espagnole et le lui tendit. Elle trouva rapidement une photographie d'Helga.
- C'est elle.
- Il faut prévenir Interpol et lancer un avis de recherche, suggéra Bastien Hélium.
- Êtes-vous certaine qu'ils ne devaient pas recevoir la visite de Résali ? demanda Mélina.

À son ton tellement cru, la nourrice comprit qu'elle les accusait d'avoir poussé Flora au meurtre.
- Les Résaliens ne sont pas des meurtriers.
- Non, répondit Bastien fermement, avant que Mélina ne puisse affirmer le contraire.

Ce sont des meurtriers et Flora en avait certainement pris conscience, pensa Mélina.
- Je vous comprends, reprit la nourrice. En tant que femme, on se demande toujours comment il est possible qu'une mère puisse tuer ses enfants. On pense que c'est forcément quelqu'un qui l'a poussé.
- Oui. Les enfants jouaient-ils à des jeux particuliers ? demanda la commissaire.
- Oui, ils jouaient à *Joue et résiste,* dénonça-t-elle avec honte.

Le titre du jeu provoqua un électrochoc dans les circuits internes de Mélina.

Joue et résiste, un jeu antisémite créé par le Hezbollah, propose aux jeunes enfants d'intégrer un groupe islamiste de terroristes luttant contre Israël. Cinq jeux différents figurant sur le site de l'organisation antisémite permettent, par exemple, d'envoyer des roquettes sur le nord d'Israël ou bien de participer à une opération d'infiltration terroriste sur le territoire de l'État Hébreu.

- Une dernière question. J'ai entendu dire que la secrétaire générale n'avait pas de famille, à part cette pension Résali.
- C'est un sujet qu'elle détestait aborder, rapporta-t-elle. Pas de parents. Pas de frères et sœurs, ni même de cousins. Elle n'avait que ses enfants et Résali. Et son travail.
- Bien Pénélope. Toutes vos réponses vont certainement nous aider. Le commissaire Hélium vous donnera sa carte. Merci de le contacter si quelque chose d'important vous revenait à l'esprit.
- Je voulais aller me reposer en Espagne.
- Je crois que cela ne va pas être possible pour quelque temps.
- En effet, confirma le commissaire Hélium.
- Je ne suis quand même pas suspectée ?
- Innocente tant qu'on n'a pas trouvé le coupable.
- Qu'est-ce que ça veut dire ?
- Vous êtes la seule à avoir la clé, Madame, lança-t-il sèchement.
- Mais la porte a été forcée ! rappela Pénélope.
- Ne vous inquiétez pas, la rassura Mélina. C'est la procédure. Même si nous savons très bien que vous n'êtes pas coupable, ne partez pas à l'étranger avant quelques semaines.

Pénélope Servet se résigna. Elle sortit.

- Elle est courageuse, constata Mélina en la regardant partir.

- Trop courageuse, analysa Hélium.
- Je crois vraiment que tu fais fausse route...

Son BlackBerry retentit. C'était Tommy. *Mon Tommy, mince !* Il avait écrit : Je te déteste. Elle répondit : Encore un peu de patience.

Les scientifiques enveloppèrent les corps avec une house imperméable et les déposèrent sur des brancards avant de rejoindre l'affreuse voiture au coffre réfrigéré. Il fallait maintenant les transférer dans les entrailles de l'Institut Médico-Légal du quai de la Rapée pour une autopsie.

- Je peux t'informer de mon bilan sans que tu m'accuses d'être une conspirationniste ?
- Je t'écoute, soupira Hélium.
- Flora Jung est une fan de Magda Goebbels.

Hélium ne broncha pas.

- Tu as oublié tes cours d'histoire ? Magda Goebbels, la femme de Joseph Goebbels, chancelier allemand sous l'Allemagne nazie, a tué ses six enfants avant de se suicider après la mort d'Adolf Hitler. Adolf Hitler tu vois un peu qui c'est ?

Bastien lui adressa une grimace niaise.

- Madame Goebbels, inconditionnelle du parti national-socialiste, a fait avaler des capsules de cyanure à ses six enfants après la mort du dictateur expliqua la commissaire. Flora elle-même portait le symbole d'or du parti nazi que cette dernière avait reçu des mains d'Hitler avant de devenir la plus grande meurtrière de l'histoire.
- Jung l'aurait donc imitée ? Si tes informations historiques se vérifient, c'est effectivement troublant.
- C'est d'autant plus étonnant qu'on détient la preuve formelle que cette femme fait partie d'une secte néo-nazie. Goebbels a tué ses enfants par pur fanatisme, continua-t-elle. Et entre parenthèses, tous les enfants Jung portent les mêmes prénoms que les petits

Goebbels.
- Nous ferons toutes les recherches historiques nécessaires.

Mélina hocha la tête.

Elle voulait absolument poursuivre son discours sur les Témoins de Jéhovah, en sachant très bien qu'il allait soupirer une nouvelle fois.
- Et ce sont les Témoins de Jéhovah qui financent Résali, cette secte néo-nazie. J'en suis persuadée.

Bastien Hélium bâilla longuement. Les discours de cette amoureuse inconditionnelle des conspirations avaient plutôt tendance à endormir son auditoire.
- Pourquoi tu ne veux pas essayer d'entrevoir une cohérence dans mes suppositions ?
- Quelle tête de cabocharde tu fais Mélina ! Il faudra que tu te mettes bien dans le crâne qu'ils ne peuvent pas faire partie de l'équation.

Elle voulait répéter son argument-choc pour étayer sa thèse.
- Je t'en supplie, crois-moi. Le collège central des Témoins de Jéhovah avait fait un important don au laboratoire Gherardhini à Berlin pour la mise au point de l'AZ-4 en 1970. Et encore récemment ils ont transféré des fonds sur les comptes de la Pension Résali pour financer la production de l'AZ-4. Je suis certaine qu'ils sont à l'origine de ce génocide des jeunes.
- Tu n'as jamais réussi à prouver le mobile de ce transfert d'argent, lui rappela-t-il.
- Un compte qui disparaît instantanément chaque fois qu'il opère un virement… Un compte qui s'appelle Lisa Gherardhini.
- La Joconde ? ricana Hélium.
- Hein ?
- Lisa Gherardhini, c'est le nom de la Joconde.

Mélina n'avait jamais fait le rapprochement. Et de toute manière, elle pensait que cette plaisanterie n'avait aucun sens.

- Elle m'étonnera toujours cette Mona Lisa ! Arrête de déconner, supplia Mélina.
- Tu ne t'en sortiras jamais avec cet AZ-4.
- Mais les enfants ont été empoisonnés avec ça !
- Le laboratoire nous le dira, continua Hélium.
- Et la mère appartient à cette secte financée par Jéhovah, martela-t-elle comme un robot.
- Je ne sais même plus quoi répondre. Quel entêtement !
- J'ai bien remarqué des virements étranges venus de New York sur les comptes de la pension Résali, ce qui veut dire que les dirigeants des Témoins de Jéhovah sont des financiers, et qui plus est des *terroristes*.
- Ils ont bon dos tes Témoins !
- Je ne te parle pas des adeptes, simples naïfs manipulés. Je respecte leurs pratiques et leurs croyances.
- Ou leur naïveté.

Mélina soupira.

- Je n'en ai rien à foutre s'ils ne veulent pas fêter Noël ou donner leur sang et s'ils refusent de pratiquer le sexe oral ou rectal.

Oh moi ça ne me dérangerait pas avec toi, s'amusa-t-il.

- Les pratiquants font partie de la supercherie. Je te parle des dirigeants, de l'écran qu'ils ont créé.

Bastien Hélium devait se résigner : les quelques arguments qu'elle avançait pourraient potentiellement le convaincre.

- Continue...
- Ils n'ont aucune raison officielle d'alimenter une idéologie antisémite. Leurs principes ignorent officiellement la xénophobie. Tu m'as bien précisé qu'ils étaient restaurationnistes ? Alors pourquoi l'ont-ils fait en cachette ? Ce n'est pas de la conspiration, c'est la preuve qu'ils utilisent la croyance comme écran.
- Si tant est que tu puisses prouver que ce don vient bien d'eux.

Elle observa un silence et fixa le sol pendant cinq secondes. Mais ce n'était pas la peine, sa cervelle n'admettait pas l'éventualité de se tromper. Elle persévérait tellement dans son entêtement, qu'elle répondait à sa guise sans vraiment prendre en compte l'avis de son interlocuteur.

– Flora Jung a un lien avec l'AZ-4. Cette femme était dangereuse. Mais je suis sûre qu'elle a découvert quelque chose qu'elle n'aurait pas dû et que ce code au mur doit nous adresser un message.
– Je n'en sais rien, Mélina. Il faudra enquêter.
– Faisons-le ensemble alors !
– On verra.

8.

21h 35

Tommy alluma le chauffage dans sa Mitsubishi. La neige commençait à tomber de plus en plus fort et les forces de l'ordre demandaient à la foule de quitter les lieux.

Il aperçut la nourrice. Elle s'était arrêtée pour pleurer à quelques pas de sa voiture. Elle sanglotait tellement qu'il hésita à sortir pour la réconforter.

Après tout, je ne la connais pas. Et puis je ne les ai pas vus moi tous ces morts ! J'aurai bien voulu. Ça ne doit être beau à voir quand même...

Pénélope finit par rejoindre sa voiture et quitta, définitivement, la demeure des Jung. Au même instant, une Citroën bifurqua vers la ruelle et s'arrêta à quelques mètres du portail de la grande maison.

Tommy regarda l'homme qui sortait de la voiture. C'était le ministre des Affaires étrangères en personne, Isaac Martha. Il prit une photo.

Il se remémorait sa rencontre avec ce politique. En 2017, suite à l'attaque du réseau informatique des Affaires étrangères, l'État avait fait appel à IBM pour le sécuriser. Le ministre lui avait paru tellement cynique qu'il l'avait rayé de la liste des politiques qu'il admirait à l'instar de ses propres confrères qui le trouvaient incompétent. Malgré le double remaniement du gouvernement au cours du mandat de Georges Derniss, Isaac Martha n'avait pas perdu sa place de prestige. Et ça énervait beaucoup ! L'hôtel du ministère n'était pas connecté à Internet, d'où la difficulté pour les terroristes du net de s'introduire dans leur système afin d'extirper les secrets du quai le plus connu au monde. Et l'impossibilité de le combattre à distance nourrissait encore plus l'envie de l'examiner.

Ça n'avait pas manqué.

Le nom de Viscoty était associé désormais à l'image même du

plus grand terroriste informatique de France. Sous une fausse nationalité, en réalité un agent du Mossad, le cyber-terroriste était parvenu à s'infiltrer au quai d'Orsay en tant que conseiller du ministre. Sans qu'il s'agisse d'un secret, ce service de renseignements d'Israël, le plus puissant au monde, sélectionne des agents qui présentent la particularité physique de pouvoir passer pour n'importe qui, même étranger. L'état d'Israël aurait préféré lui donner une origine européenne, mais ça ne collait pas tout à fait avec son physique. Sa peau faussement blanchâtre lui donnait des airs de Libanais. Mais c'était de toute façon plus prudent d'embaucher un Libanais que d'entretenir un lien de sang avec Israël, connu pour son amour de l'espionnage.

Recueilli à l'âge de 16 ans par une famille française, Flavo Viscoty, brillant élève, avait obtenu son bac la même année que son adoption. Ayant alors acquis la nationalité française, il avait étudié les sciences politiques puis l'État d'Israël s'était arrangé pour qu'il gravisse un à un les échelons jusqu'à son embauche par le ministère des Affaires étrangères.

Cette ascension avait nécessité beaucoup de temps, mais la persévérance vient à bout de tout.

L'imposteur avait simplement introduit une clé USB infectée pour contaminer tout le réseau intranet puis l'aspirer dans son morceau de plastique de trois centimètres.

L'opération avait échoué.

Les services de renseignement français avaient rapidement démasqué l'agent du Mossad. Ils intervinrent lors de l'échange de la clé avec son supérieur. Viscoty se suicida et l'affaire fut étouffée rapidement.

Tommy s'arracha du souvenir de ce fait divers.

Il regarda les journalistes courir autour du ministre des Affaires étrangères comme des abeilles sur une ruche. Il avait l'impression d'être l'invité d'un tournage de film.

Il envoya un SMS à Mélina. « Monsieur Martha te fait l'honneur de sa présence. »

Lorsqu'elle le reçut, les deux commissaires se précipitèrent à l'extérieur.
- Pourquoi a-t-elle démissionné ? demanda une journaliste.
- Vous la connaissiez personnellement ? fit un autre.
- Pourquoi l'avez-vous renvoyée ?
- C'est elle qui a démissionné, répondit Martha. Maintenant, laissez-moi passer.

Le ministre des Affaires étrangères toisa furtivement les deux commissaires comme s'il s'agissait de deux cafards. Les forces de l'ordre faisaient barrage aux journalistes. Le politique marcha d'un pas ferme jusqu'au salon, Mélina et Bastien suivirent.
- Oh, mon Dieu ! s'exclama le ministre.

Tous les membres de son corps se tétanisèrent à la découverte de cette scène macabre. Il s'approcha du corps de Flora Jung, s'accroupit et prit sa main. Il regarda le corps raidi de son ex-collègue une bonne dizaine de secondes. Sans être tout à fait dépourvu de chagrin, il savait que sa propre responsabilité n'était pas engagée. Flora avait commis une faute au ministère. Elle devait partir.

Mélina s'approcha de l'homme politique.
- Bonsoir, Monsieur le Ministre.

Il se releva.
- Vous ne serez pas sur l'affaire.

Mélina, très contrariée, lui lança un regard noir.
Tiens, prends ça, se félicita Hélium.
- Vous non plus, commissaire Hélium.

Oh merde !
- Et concernant l'aînée, que comptez-vous faire ? continua Mélina, avec dédain.
- Nous nous en occupons, répondit le ministre.
- Comment saviez-vous qu'il manquait un enfant ? lança-t-elle avec suspicion.
- Ce n'est plus votre affaire, répliqua le ministre, mettant ainsi un terme à la conversation.

Il décampa d'un pas pressé suivi de son garde du corps.

Mélina en resta stupéfaite. Elle tenait là une enquête qui lui tenait à cœur, mais ne savait pas quoi dire. *Oh, je vais enquêter dans l'ombre,* se dit-elle en son for intérieur. Elle s'en sentait capable, mais procéder ainsi n'était pas chose facile ni donnée à tout le monde. Elle le savait mieux que quiconque, à l'heure des informations numérisées il fallait la plupart du temps réussir à s'introduire dans des systèmes informatiques hyper-protégés.

Elle se précipita à l'extérieur. Le ministre y allait de son allocution sur BFMTV.
- Je présente toutes mes condoléances aux proches de cette famille.

Toute la famille vient d'être exécutée. Elle n'avait pas de parents.
- Malheureusement Madame Jung, une diplomate remarquable, a utilisé ses fonctions pour correspondre avec des institutions extrêmement dangereuses pour la République.

Oui, Résali.
- Tel le Hezbollah libanais.
- Qu'est-ce qu'il raconte ? s'étonna Mélina.
- Flora Jung faisait partie de cette organisation qui vient de revendiquer l'attentat qui a tué « notre jeunesse ». Nous ne savons pas exactement le rôle qu'elle a pu jouer au sein de ce groupe. À 17h, elle venait me remettre délibérément sa lettre de démission.
- Mais c'est impossible, souffla Mélina.
- Encore une information qui prouve son antisémitisme, analysa Hélium. Tu devrais aimer ce genre d'information, puisque ça ne fait qu'alimenter ta conspiration.
- C'est Résali qui est à l'origine de l'AZ-4, s'entêta-t-elle. Le gouvernement est en train de nous mentir. La vérité est ailleurs, Flora Jung a découvert quelque chose qu'elle n'aurait pas dû. Et ça à un lien avec le national-socialisme.

Mélina vagabondait dans ses pensées. Elle ne comptait pas

dormir une seule seconde cette nuit. Il fallait qu'elle trouve le mobile exact des meurtres commis par cette femme d'affaires et la raison pour laquelle on avait kidnappé l'un des enfants.
- Y'a un autre truc étrange dont je voulais te parler.
- Quoi donc ? demanda négligemment Mélina.
- Tu m'as bien parlé tout à l'heure de transferts d'argent d'un compte au nom d'une Lisa Gheradhini dite la Joconde.
- Oui.
- Flora Jung a bien arraché les implants du cerveau des gamins ? continua-t-il.
- Tu as bien suivi l'histoire, approuva Mélina.
- Je n'en suis pas certain, mais je crois que le traitement informatique qui soigne la maladie de l'oubli s'appelle Mona Lisa.
- Jamais entendu parler, marmonna-t-elle.
- Personne ne connaît le nom du traitement : Mona Lisa. C'est simplement une sorte de surnom que Billy Emman lui a donné.
- Intéressant, mais je ne comprends pas très bien le lien avec le tableau de la Joconde.
- Moi non plus. Tout cela est à éclaircir.

Mélina ne pouvait en rester là. L'enquête était trop importante à ses yeux. Il fallait absolument revoir Georges Béliec pour lui demander que le ministère de l'Intérieur ne la lui retire pas.

9.

À 21 h 50 Tommy se gara devant le siège du ministère de l'Intérieur, 11 rue des Saussaies, dans le VIIIème arrondissement de Paris, où se trouvait le bureau de Kurt Liscka, chef de la Gestapo, sous l'Allemagne nazie. Une simple anecdote, dont tout le monde se moquait, mais il était intéressant de savoir que l'institution qui avait le devoir de garantir la sécurité nationale siégeait là où d'anciens fanatiques terrorisaient le monde. De toute façon on avait refoulé les horreurs nazies. On en parlait. C'était tout.

Dans la rue totalement déserte, la neige continuait à tomber, un phénomène météorologique qui ne plaisait pas à Tommy. Il accusait les flocons d'agresser la carrosserie de sa belle voiture.

Il actionna les essuie-glaces avant de couper le contact.

Mélina lui avait brièvement résumé la situation. Après ce breuvage hétéroclite que son système nerveux venait d'ingurgiter, il fut pris de migraine. Il n'avait pas tout compris, et il hésitait à la suivre.

- Tu ne m'as pas crue ? Je ne suis pas flic. Il est hors de question que je fasse le taxi pour toi toute la nuit, s'exclama Tommy. Pourquoi sommes-nous ici ?
- Il faut absolument que je sois sur l'enquête.
- Et tu vas demander ça à Georges Béliec ?

Bien qu'il n'ait pas beaucoup apprécié son rapport sur la remise en cause de l'intégrité des services de l'État, Georges Béliec demeurait le seul espoir de Mélina.

Tommy remarqua une voiture aux vitres teintées qui bifurquait sur la rue. Étant donné les circonstances de cette soirée un peu particulière il ne serait, pour rien au monde, sorti de sa Mitsubishi.

Mélina quant à elle, s'apprêtait à descendre de la voiture, mais il la tira par le bras pour la retenir à l'intérieur de l'habitacle.

- Attends, regarde un peu cette voiture.
- Et alors ?

– Attends une minute, ordonna Tommy, inquiet.
La voiture noire s'immobilisa. Une Peugeot rouge arriva sur la rue.
– C'est la voiture de Béliec, constata Mélina.
Le directeur de la police nationale en sortit, accompagné de Bastien Hélium. Les yeux de la jeune femme sortirent de leurs orbites.
– Pauvre merde !
Bastien Hélium l'avait apparemment devancée. Ses cordes vocales voulaient crier au scandale. Elle désirait sortir, mais Tommy avait fermé à clé.
– Ouvre cette porte, putain de merde.
Elle essaya de trouver le bouton pour déverrouiller, mais ses yeux se perdirent dans toute cette technologie. Elle donna alors des coups de pied dans la po+rtière et supplia son ami d'ouvrir.
– Calme-toi.
Un homme sortit de la voiture noire, armé d'une kalachnikov. En deux coups seulement il atteignit les corps de Bastien et de son supérieur. Puis le malfrat arrosa de nombreux coups de feu tout le périmètre avant de s'engouffrer dans son véhicule qui décampa à toute vitesse.

Mélina et Tommy se baissèrent, les balles venaient de terminer leur trajectoire sur le bolide. L'intégrité de la voiture en avait pris un coup. Tommy en pleurait de douleur, mais il venait de sauver la vie de Mélina.

10.

Ils avaient déguerpi de la rue de Saussaies, le danger était passé, Tommy déverrouilla les portières.
Mélina sortit et se dirigea rapidement vers ses collègues.
La mort n'avait pas encore eu le temps de faucher Bastien. Le corps de Béliec était refroidi pour l'éternité.
Leur sang se mélangeait avec la fine couche d'eau sur l'asphalte. Béliec en avait tellement perdu que Mélina avait l'impression d'assister à une hémorragie du goudron.
Elle essayait de calmer l'hémorragie en appuyant de toutes ses forces sur la blessure qu'avait provoqué la balle dans l'abdomen de Bastien, mais elle voyait la vie s'échapper dans les yeux vert de celui qui venait de la trahir.
– Pardonne-moi, souffla-t-il.
Mélina ne savait plus quoi penser. La peur lui glaçait les os.
J'ai vu trop de morts ce soir, gémit-elle.
– Il faut partir, cria Tommy.
Bastien retira les mains de la jeune femme. Il lui fit signe d'approcher son oreille.
– Grouille-toi, pressa Tommy.
– Pars de France, Mélina, lui conseilla-t-il.
– Qu'est-ce que tu veux me dire ? Pourquoi ils vous ont tiré dessus… ?
Les paroles de la jeune femme ne l'atteignirent plus. La mort accueillit le système nerveux du commissaire au nom d'atome : Hélium.
Mélina retourna dans la Mitsubishi. Elle sortit un chiffon de la boîte à gants pour essuyer le sang sur ses mains.
Tommy allait presque s'évanouir. Mais plus impressionnant encore, Mélina donnait le sentiment de ne pas ressentir d'aigreur, tant la vision du sang lui était familière. Il démarra, rejoignit la

place Beauvau et se gara devant le numéro 8 de la rue.

À quelques kilomètres de là, dans la clinique du professeur Billy Emman, le Président de la République avait convoqué le ministre des Affaires étrangères et la première dame.
- La situation devient catastrophique ! attaqua Billy.
- On ne vous a pas demandé de parler, rétorqua Éva Derniss.

Il la dévisagea. *Mal baisée, pensa-t-il*
Au contraire, je suis très bien baisée, comme si elle avait déchiffré les paroles du professeur dans son regard froid.

Le Président jeta un œil sur la Rolex qu'il arborait au poignet. La crainte montait en lui. Tout le monde le considérait comme un bon à rien timide, tout comme sa femme. L'économie du pays devait sa prospérité à l'invention de Billy Emman, et surtout pas à ses compétences politiques. Monsieur Georges Derniss était juste arrivé sur la scène politique au bon moment. Lors de sa première campagne présidentielle, il avait tout misé sur la santé. À cette époque, des millions de personnes étaient atteintes, ou risquaient de l'être, par la maladie de l'oubli. À l'instar des autres candidats, il croyait aux progrès de la médecine (et surtout aux compétences de son ami, Billy Emman…) En leur promettant LE traitement, il était certain d'être choisi par le peuple. La promesse fut tenue, mais comme pour tous les présidents, leurs faiblesses sont rapidement pointées, et ils perdent peu à peu l'amour de leurs électeurs.
- Les Témoins de Jéhovah ne financeront plus rien tant qu'on n'aura pas retrouvé Helga, continua le Président.
- Cette grande clinique miraculeuse n'a plus vraiment besoin des financements de cette secte, objecta Éva Derniss.

Le ministre des Affaires étrangères s'introduisit dans la pièce.
- Hélium et Béliec viennent de mourir, annonça-t-il.

- Je veux la preuve de leur mort, exigea la ministre de l'Intérieur.

Telle une âme perdue cherchant ses repères, Éva Derniss faisait les cent pas autour de la table en scrutant le sol. Dans cette salle vide de tout objet, on pouvait découvrir un très beau panorama de la ville de Paris en cette nuit légèrement embrumée par la neige.

- Je veux la preuve, répéta Derniss.
- Fais-leur confiance, proposa le Président.

Ils observèrent un court silence.

- Il s'agissait pourtant de deux hommes remarquables, admit le Président. Quel dommage !
- Deux hommes remarquables ? reprit Billy Emman avec stupéfaction. Des futurs terroristes ! Heureusement que je garde encore quelques contacts efficaces en Israël qui nous ont permis de les identifier. Le peuple ne se trompe pas tout à fait sur vos compétences, Madame Derniss. Vous savez ce qu'il vous manque ? De l'*intuition*. Il ne suffit pas d'être première de la classe pour devenir la représentante de la sécurité nationale, ou alors pistonnée. Il faut savoir pressentir les événements qui peuvent arriver.
- Je vous en prie, monsieur Emman, coupa le Président.

Eva Derniss le regarda droit dans les yeux. Elle aurait voulu décharger sur lui toutes les balles de sa kalachnikov biologique.

- Et les corps ? s'enquit Billy.
- Les corps resteront à l'Institut Médico-Légal pendant quatre jours, répondit Isaac Martha.
- La mère ?
- Flora Jung sera enterrée dans l'anonymat. Cette nuit.
- Cette nuit ? s'affola Billy.
- Personne n'a réclamé le corps, informa Madame Derniss.
- Ça fait à peine une heure qu'elle est morte ! reprocha Billy. Cette précipitation peut présenter un danger si on apprend que c'est l'État qui a pris cette décision.

- Elle n'a aucune famille, continua le ministre des Affaires Étrangères. Il n'y a que la pension Résali qui peut réclamer le corps. Or, une fois morts, ces néo-nazis se moquent totalement de leurs adeptes.
- Un enterrement dans un cimetière constituerait une énorme bêtise, fit remarquer Éva Derniss. Sa tombe deviendrait un lieu de culte. Le néo-nazisme n'a pas tout à fait disparu, n'est-ce pas monsieur Emman ?
- Si ça vaut mieux ainsi, se résigna Billy, mais il y a encore un problème, Madame la Ministre, *la fille*.
- Mais nous savons où elle est détenue.

Billy hésitait entre un sentiment de satisfaction ou d'humilité qui lui traversait le corps.

- Le Palestinien vient de louer un véhicule, on peut le suivre à la trace. Qu'il poursuive son programme ! Quand il comprendra qu'il s'est fait berner, il nous contactera pour nous échanger la fille contre une somme d'argent, continua la première dame, d'un ton léger. Ça se passe toujours comme ça.

Ce que Billy reprochait surtout à cette ministre des castagnettes, c'est que même la pire des situations ne l'effrayait pas. On avait toujours l'impression qu'elle ne se sentait jamais vraiment concernée.

- Dans quel état mental se trouve la fille ? demanda le Président.
- Elle est très bien, mais entre les mains de cet homme, elle peut devenir dangereuse, avoua Emman.
- Dangereuse ? s'étonna Éva Derniss.
- Madame la Ministre n'est pas au courant ?
- Au courant de quoi ?
- La fille a déjà été enlevée à l'âge de cinq ans, expliqua Billy. Flora Jung a toujours essayé de faire croire que l'instabilité de l'enfant avait été provoquée par sa mauvaise grossesse.
- Et alors ?

- Elle a un mental fragile. Une tendance à l'agitation. La fille peut devenir un sacré atout pour lui. Elle peut prendre *plaisir* à ce qu'elle fait. Surtout si c'est mal.
- Elle peut prendre plaisir à ce qu'elle fait... répéta-t-elle, comme si cette éventualité lui paraissait impossible. Je croyais qu'elle était devenue votre objet d'expérimentan. Et donc, que vous la connaissiez par cœur.
- Je ne la garde pas sous mon aile. On ne pouvait tout de même pas l'enfermer.

Le singe de Billy Emman entra dans la pièce. Une lueur d'amusement éclaira le visage de tous les protagonistes réunis dans ce bureau dénué de tout élément décoratif.

- Pardonnez ce défaut de sécurité. Je croyais que sa cage était bien verrouillée.

Pour la première fois de sa vie, le visage de la première dame se contracta. Elle s'approcha de l'animal.

Il se jeta dans ses bras.

11.

Il était 22 h 20 lorsque Mélina monta les escaliers escarpés de l'immeuble où logeait son meilleur ami. Les lieux paraissaient si sinistres, qu'on aurait pu croire que Jack l'Éventreur y avait laissé son empreinte. Tommy avait été assommé par les deux cadavres qu'il venait de découvrir sur ce trottoir.
C'est pas beau à voir, les morts.
Il ouvrit la porte de son appartement, Mélina se précipita dans la salle de bain, ouvrit le robinet. Elle regarda se diluer le sang du commissaire Bastien Hélium sous le mince filet d'eau. Elle en avait déjà vu des morts, mais avoir entendu le son de leur voix à peine une demi-heure auparavant l'avait énormément bouleversée. La triste vérité, c'est que comme elle n'avait pas vraiment de famille, elle n'avait jamais éprouvé cette horrible sensation de perdre un proche. Sauf à cet instant.
Elle sortit de la salle d'eau, se dirigea ensuite vers le frigo, prit la bouteille de coca et ingurgita la moitié.
– T'as plus rien dans ton frigo, fit-elle observer.
– Je te rappelle que nous devions partir en vacances, répondit-il sèchement.
Les vacances lui étaient sorties de la tête. Trop tard désormais pour rejoindre Orly. Et de toute façon, elle voulait suivre les événements de l'intérieur.
Des PC Gamers dans toutes les pièces, des modems, des fils traînaient partout dans l'appartement de l'informaticien, une vraie caverne d'Ali Baba.
Tommy avait commencé à élaborer des programmes informatiques à l'âge de quinze ans. Son imagination débordante l'avait conduit à mettre au point Exchan.com, une sorte de réseau social dérivé de Facebook réservé uniquement à des messages

vocaux entre amis. Une vraie révolution à l'heure de l'émergence des smartphones ! Plus besoin d'abonnement téléphone, Internet suffirait, mais face au monopole indétrônable de son énorme concurrent, sa création avait échoué.

Tommy avait continué à travailler chez IBM. Il percevait un salaire à cinq chiffres, mais à part les voitures et l'informatique, il ne dépensait pas énormément. Combien de fois Mélina lui avait-elle suggéré d'engager une femme de ménage ! Tommy n'atteignait pas le summum de la beauté et, de plus il était légèrement maniéré ce qui lui avait causé quelques soucis relationnels durant son enfance, et même jusqu'à l'université. On prend toujours ce genre d'homme pour un gay. Il était peut-être l'exception qui confirmait la règle. En tout cas, il paraissait exceptionnel aux yeux de Mélina. Il avait tellement travaillé devant son miroir pour avoir l'air d'un vrai mec que ses gestes inadaptés ne se remarquaient presque plus. Dans la cour de récréation, Mélina était venue lui parler : « n'aie pas peur d'être mal-aimé ». Il n'avait pas bien compris, mais l'amitié entre eux avait débuté ainsi et se poursuivait toujours.

Il s'assit à côté d'elle.
- Comment tu te sens ?
- Bien. Tu peux rebrancher Internet s'il te plaît ? Tu veux faire des recherches sur Jung ?
- Oui.

Il s'exécuta nonchalamment en soupirant. Quelques minutes plus tard, la jeune femme se dirigea vers le Macbook.

Elle tapa : Pension Résali.

Un flic restera toujours un flic, ironisa-t-il.

Sur la première page de recherche, lien du site officiel de l'organisation, les membres exprimaient toutes leurs condoléances pour la mère et les enfants.
- Ils ont vite été mis au courant, s'étonna Tommy.
- Effectivement. Nous présentons nos plus sincères condoléances à la famille et prions pour l'âme des enfants, lut-elle à voix haute. Nous ne jugeons pas Flora

Jung, même si nous condamnons ses actes.
- C'est le coca-cola qui te remet de tes émotions aussi rapidement ?
- Non, c'est la recherche de la vérité, répliqua Mélina.

Elle revint sur Google et tapa Flora Jung dans la barre rectangulaire.

Elle ouvrit la page Wikipédia de la femme d'affaires.

Flora Jung est née en 1976 à Berlin et morte le 1 février 2020, lisait-elle. *Même Wikipédia va vite...* Elle cliqua directement sur l'onglet famille. Elle y trouva des informations qu'elle connaissait déjà. Flora Jung avait six enfants, mais pas de mari connu, ni de parents.

- C'est quand même étrange que cette femme n'ait aucun proche à part ses enfants et cette pension Résali, insinua-t-elle.

Elle tapa : Flora Jung et Hezbollah.

Elle remarqua une photo, le chef du Hezbollah, tué l'an passé dans un attentat à la voiture piégée, aux côté de Flora Jung. *Ça fonctionnera toujours ce genre de souricière. La femme d'affaires complote,* avait titré le bloggeur.

- Cette histoire n'avait pas fait grand bruit, fit remarquer Tommy.
- En tout cas, le ministre des Affaires étrangères avait raison, elle collaborait bien avec le Hezbollah
- Une simple photo. Il faudrait en avoir la preuve, continua Tommy.

Une étincelle soudaine jaillit dans le cerveau de Tommy.
- Mais oui, je me souviens...
- De quoi ? s'exclama-t-elle.
- La pension Résali reçoit 900 000 euros de dons chaque année.

Incroyable qu'une organisation néo-nazie perçoive autant de dons de citoyens lambda ! Force était de constater que le mal existe encore en 2020 et que l'on ne pouvait pas empêcher le monde de vouloir le financer. D'autant plus que la pension

Résali n'était pas considérée comme une organisation terroriste, mais comme une secte tranquille.
- Elle ferait donc partie du Hezbollah, envisagea Tommy. Et tu es en train de me dire qu'elle était une fervente adepte de Résali ?
- Oui.
- Il ne serait pas improbable que tous les dons qu'ils recueillent servent également à envoyer des jeunes gens faire leur djihad en Syrie ou pour l'État islamique. Au même titre, il n'est pas impossible qu'ils envoient des gens travailler pour le Hezbollah.
- Il se pourrait donc que Flora Jung joue l'intermédiaire entre Résali et le Hezbollah, enchaîna Mélina.
- Oui, concéda Tommy.

Mélina aurait dû y penser avant. Elle avait tous les éléments depuis le début et si on détenait la preuve que Résali subventionnait ces départs pour le djihad, alors on la reconnaîtrait comme une organisation terroriste, puisque l'ONU considère le Hezbollah comme telle.

Mélina tapa : traitement informatique maladie de l'oubli et Hezbollah, mais ne trouva rien. Tommy s'en voulait déjà que ses arguments aient alimenté le penchant conspirationniste de Mélina.
- Je crois que nous nous égarons un peu. Le Hezbollah ne peut pas entretenir de lien avec une organisation purement antisémite.
- Tu rigoles, c'est leur but.
- Souviens-toi, le Hezbollah et Israël ont signé un accord de paix sur l'établissement des frontières en Cisjordanie en 2018. Désormais, ils recherchent plutôt le prestige militaire. Fondé une puissante armée.

Il avait partiellement raison, mais l'accord de paix avait créé des divergences au sein même de l'organisation, qui avaient abouti à la création de groupuscules continuant à revendiquer la destruction de l'État hébreu. De ce fait, on ne pouvait pas

considérer que le Hezbollah avait conclu la paix puisque les groupuscules radicaux poursuivaient le même but.
- Tu plaisantes ? Un accord de paix qui n'a pas empêché l'un des « fils » du Hezbollah de revendiquer l'assassinat du Premier ministre israélien. Et on pense toujours officiellement que ces terroristes portent la responsabilité de l'introduction de l'AZ-4 sur le territoire français, même si je n'y crois pas vraiment.
- Effectivement.
- Ils ont également revendiqué le piratage du réseau informatique du ministère de la Défense à Tel-Aviv, rappela Mélina. On n'attaque pas un pays avec lequel on est en paix.

Tommy s'assit sur son divan et prit une bière un peu tiède.
- Bon, tu dors ici ce soir ? demanda-t-il.

Mélina se retourna vers lui avec un air grave.
- Non, j'ai encore énormément de choses à faire. Et j'ai besoin de toi.
- C'est hors de question.
- C'est toi-même qui viens de m'aider à nourrir mon idée de conspiration, se moqua-t-elle.
- Je le regrette. On peut alimenter la conspiration avec tout, une vraie spirale infernale qui peut conduire au relativisme. Cela donne des circonstances atténuantes à cette mère qui vient de tuer ses propres enfants.
- Il manque un enfant, rappela-t-elle.
- Cette fille a certainement réussi à s'enfuir. Elle est sûrement en train de pleurer quelque part. Demain, elle réapparaîtra.
- Tous les verres sur la table avaient été vidés, Tommy.
- Ça signifie que l'enfant disparu a malheureusement succombé. C'est tout.
- Ou peut-être qu'elle a résisté à l'AZ-4 ?

Cette hypothèse la faisait presque jubiler. Personne ne pouvait résisté à une drogue aussi puissante qui détruit la

totalité des neurones. Ca voulait peut-être dire que les capacités cérébrales de l'enfant sont quasi-inhumain.
– T'es complètement folle !
Mélina aurait pu décider de déclarer forfait, mais elle ne détenait aucune preuve et pas la moindre hypothèse sur le mobile réel qui avait conduit Flora Jung à commettre le pire. Que des intuitions. Et il fallait bien qu'elle se l'avoue, elle voulait réussir là où elle avait échoué en avançant que l'AZ-4 venait d'Allemagne. Mais le nom de Jung ne lui était pas totalement étranger, alors elle avait encore une carte à jouer.

12.

21h 00

Dans le cinquième arrondissement de Paris, le Palestinien gara son fourgon noir à quelques mètres de l'entrée de la Grande Mosquée, fondée en 1926 par Si Kaddour Benghadrit, pour rendre hommage au soixante-dix mille morts qui avaient combattu pour la France. Fortement entachée par les multiples attentats de ces cinq dernières années, elle avait souvent été considérée comme le point névralgique de l'islam en France. Faute d'entretien, le bâtiment commençait à présenter des premières traces d'usure. Les musulmans la fréquentaient de moins en moins aussi le grand recteur, Fab Azouzi, au nom du principe de la Déclaration des droits de l'Homme et du citoyen, avait sollicité l'aide de l'État pour entreprendre des travaux de restauration, mais en vain. Les préoccupations françaises se situaient ailleurs apparemment.
Son téléphone sonna. Il décrocha. Son correspondant lui parlait en arabe.
- Tu perds ton temps, assura la voix.
- Mais ils ont le livre. Ils me l'a affirmer
- Il a menti.
- Non, j'y crois, insista Eddy.
Il décrocha.
Les traits creusés du visage d'Eddy témoignaient d'une vie difficile. C'était lui l'ingénieur qui avait tué une dizaine d'Israéliens le 7 septembre 2018. Il éprouva beaucoup de fierté quand sa vidéo eut atteint le million de visionnages sur YouTube et quand le chef du Hezbollah l'avait applaudi en personne dans sa villa.
Tout ça pour rien. Tout ça pour ceux qui tiennent les ficelles de ce monde.
Il sortit du fourgon, ouvrit les portes arrière et pénétra à l'avant.
La neige tombait de plus en plus dans la rue totalement déserte.

Des larmes illuminaient les yeux bleus de la jeune fille à la peau laiteuse. Elle avait peur, mais comprit qu'elle avait survécu à quelque chose.

Eddy enleva le scotch sur sa bouche. Elle se débattit et cria de toutes ses forces. Eddy mit ses deux mains sur ses joues de manière à bloquer la direction de son regard vers le sien.

Tu es bien ma fille, se disait-il, devant son agitation.

- Calme-toi, ordonna le Palestinien. Si tu obéis et fais tout ce que je te dis, tu resteras en vie. Est-ce que tu comprends ce que ça veut dire ?

La jeune fille était désemparée. Sa mère lui avait tellement rabâché de ne pas monter avec n'importe qui ! Elle pensait que ça ne pouvait arriver qu'aux autres, mais aujourd'hui c'était bien elle la prisonnière.

Elle essaya de faire sortir un son de sa gorge.

- Qu'avez-vous fait à mes frères et sœurs ? hurla-t-elle.
- Ils sont morts.

Ses larmes tellement abondantes coulaient jusqu'à terre. Elle aurait voulu être une sorcière pour jeter un sort funeste à cet homme, en ignorant qu'il lui était apparenté.

- Et ma mère ?
- C'est elle qui les a tués. Toi seule as survécu.

Pourquoi cet inconnu est-il si franc avec moi ? Son intelligence beaucoup plus élevée que la moyenne lui permettait de déceler l'absence de mensonge dans la voix de son bourreau. Très perspicace aussi, elle avait bien remarqué l'attitude étrange de sa mère ce soir-là.

- Pourquoi ?

Il ne savait pas quoi lui répondre. De toute façon, il n'hésiterait pas à la tuer si nécessaire.

- Tu n'es pas humaine.

Mais qu'est-ce que je raconte ? se reprocha-t-il.

Elle ne comprenait pas. *Je suis quoi ? Un extra-terrestre ?*

- Bien sûr que tu es humaine. Ce n'est pas ce que je voulais dire. Avec tes frères et sœurs, vous avez été guéris de la maladie

de l'oubli il y a quelques années. Tu t'en souviens ?
- Oui, répondit-elle avec tout le sérieux du monde.
- Après ton traitement, on a appris que dans ton implant se trouve quelque chose qui fait de toi l'appât le plus puissant du monde. Oh, mais ça ne fait pas de toi quelqu'un au super-pouvoir, nous ne sommes pas dans un film de science-fiction !

La jeune fille ne broncha pas.
- Je sais bien que tu n'es pas assez grande pour comprendre.
- Si, s'exclama-t-elle vivement.

Il sortit un livre d'un sac : la bible de Résali.
- Tu connais ce livre, je crois ?

Elle regarda furtivement Eddy, puis dirigea son regard droit dans le sien.
- Je ne veux pas mourir.

Tu n'as plus de famille. Tu seras placée à la DASS, tu te prostitueras. Quand j'en aurai fini avec toi, je te tuerai. Tu es trop bien pour ce monde à venir.
- Je ne ferai rien, s'obstina la jeune fille.
- Si tu ne fais pas ce que je t'ordonne, j'arracherai l'implant dans ton cerveau à vif. Ce sera vraiment très douloureux.

Helga se tut et regarda le livre qu'il tenait dans ses mains.
- Qu'est-ce que tu as appris de beau dans ce livre ? continua Eddy.
- Que le Juif n'était pas mon ami.
- Pourquoi tu dois détester le Juif ?
- Parce qu'il fait peur.
- Pourquoi ?
- Parce que c'est le dernier peuple qui doit vivre sur terre, sortit-elle en intercalant un court silence entre chaque mot.

Oui, parce que c'est le dernier peuple qui doit vivre sur terre.
- Très bien. Nous nous trouvons à la grande mosquée de Paris. Tu vas me suivre.

Il sortit un revolver du même sac. Elle prit peur.

- Je vais pointer mon arme sur toi. Je ne te tuerai pas.

Pas encore.

- Quand nous serons en présence de l'homme qui me doit quelque chose, je le pointerai sur ta tempe, et ce seulement s'il refuse de me donner ce que je lui demande. Est-ce que tu comprends ce que ça signifie ?

Helga hocha la tête.

Eddy la libéra de ses menottes.

Elle sortit.

Ils se dirigèrent ensemble vers l'entrée de la mosquée.

13.

Mélina savait conduire, mais c'était surtout la présence de Tommy à ses côtés qui la rassurait. Encore une fois, elle lui avait demandé de l'accompagner jusqu'au manoir Alcôve, et il avait accepté, en faisant un peu la tête tout de même.
Ce petit manoir construit entièrement en briques avait été édifié pendant la Seconde Guerre mondiale par la famille Rothschild. Il ressemblait surtout à un château hanté sorti tout droit d'un film de Walt Disney. Et les conditions météorologiques accentuaient encore l'atmosphère noire du lieu. Pendant la nuit d'Halloween, les enfants du quartier s'amusaient à y déposer des citrouilles. Ils étaient persuadés qu'il était habité par un monstre sanguinaire immortel puisque celui qui y résidait était centenaire. La légende prétendait qu'Hitler y avait séjourné lors de ses voyages en France. Seule certitude : un des derniers nazis y avait élu domicile.
- Tu penses qu'Edmund Jung est un parent de Flora ? demanda Tommy.
Vu les circonstances, ça paraissait absurde d'affirmer le contraire. Edmund Jung n'était pourtant pas un parent de Flora. Mélina en était sûre puisque c'était l'homme qui l'avait élevée jusqu'à ses quatorze ans.
- Je pense que ta présence ne sera pas la bienvenue, professa Mélina. Il vaut mieux que tu restes dans ta voiture.
- Génial. Pendant ce temps, je vais jouer au tarot.
Il lui lança un regard à la limite du mépris.
- Tu seras toujours mon petit Tommy d'antan hein ?
Pour la deuxième fois de la soirée, elle lui claqua un bisou sur la joue.
Il était 22h 45 lorsqu'elle sortit de la voiture et entrebâilla le portail de la résidence. Le vent agitait les branches des arbres et une peur soudaine lui traversa la poitrine, plutôt la nostalgie de l'enfance qui revenait en elle, cette vieille peur qui nous prend le soir venu.

Ce n'était pas là qu'elle avait principalement vécu avec Edmund, mais elle se souvenait des week-ends. Le vieux jouait souvent au golf derrière et les enfants du quartier se moquaient d'elle. Elle n'avait pas beaucoup d'amis à l'époque et le fait que son père soit un vieillard n'arrangeait pas les choses. Edmund Jung avait adopté la jeune Mélina à soixante-seize ans pour l'abandonner quelques années plus tard.

Si Tommy l'avait initiée à l'informatique, Edmund, lui, avait enseigné l'histoire à Mélina. Il accordait une grande importance à la mémoire, mais aujourd'hui elle avait oublié l'essentiel de ses cours, tant de temps s'était écoulé depuis...

Elle arriva à la grande porte d'entrée et sonna une dizaine de fois avant qu'elle ne s'ouvre.

21h 07

La mosquée de Paris n'était plus vraiment ce qu'elle avait été jadis. La grande porte déjà ouverte, on avait l'impression qu'elle pouvait servir de refuge aux sans-abri.

Eddy avait tout abandonné pour l'islam. Il y avait cru, comme presque deux milliards d'individus. Il avait cru chacun des mots du Coran - ce tissu de mensonges, l'appelait-il - et son engagement dans le Hezbollah libanais avait représenté le point culminant de sa dévotion à Dieu.

Comment ont-ils pu tous nous mentir ?

L'islam est une religion de paix, avait-il encore récemment entendu de la propre bouche de la chef de la bibliothèque du Monde arabe de Paris.

Non, aucune religion n'a été créée pour la paix.

Tout ce qu'il avait vécu auparavant pouvait facilement le démontrer, mais tous ces musulmans formatés n'y croiraient pas. « Ces affaires-là sont toujours très vite étouffées par les mêmes personnes, celles qui tiennent les ficelles de l'humanité. » se rappela-t-il.

Mais ce soir, c'était lui qui s'apprêtait à les tenir entre ses

mains. Ces ficelles de l'humanité.
En traversant le patio de la grande mosquée, ils trouvèrent la salle des prières encore illuminée.
Le responsable et le rabbin de Paris s'entretenaient tels deux politiques complotistes.
- Pardonnez-moi de vous déranger pendant vos complots, cria Eddy.
Les deux hommes pâlirent devant la menace du revolver pointé sur eux.
La prophétie se réalise, tout se passe comme prévu, pensa le rabbin.
- Un rabbin en grande conversation avec le responsable de la mosquée ! ironisa Eddy. Les relations israélo-arabes se portent plutôt bien !
Les relations israélo-arabes se sont toujours bien portées...
- Vous détenez quelque chose qui m'appartient.
- Cela fait bien longtemps que votre « trésor » a disparu des entrailles de cette mosquée, l'informa le responsable. On nous l'a volé en 1945.
- Je sais qu'il se trouve sous la svastica.
- Comment le savez-vous ?
Un enfant viendra pour nous aider à protéger notre secret.
La gamine pleurait encore.
- Laissez cette enfant tranquille, supplia le rabbin.
- Répète la phrase, ordonna Eddy à Helga en la secouant.
- Le peuple juif doit être le dernier à vivre sur terre.
Il lui mit le revolver sur la tempe. L'angoisse submergea le rabbin.
- Vous êtes dans la maison de Dieu !
- Ce sont les chrétiens qui utilisent ce mot d'habitude, railla Eddy.
- Retirez le revolver de la tempe de cette innocente.
Elle n'a pas l'âme d'une innocente.
- Vous avez entendu les paroles de cette enfant. Elle connaît votre secret, insista Eddy.

- Laissez-la.
- Il suffit de me conduire à la svastica.

Le rabbin tenta de s'enfuir, mais le Palestinien l'abattit. Son crâne se fractura contre l'un des piliers de marbre blanc. Ne restèrent que les débris de sa cervelle, éparpillés sur le tapis vert de la salle des prières.

Pour la première fois de la soirée, Helga ne cria pas. Elle devint soudainement contemplative et de plus en plus docile.

Le responsable tremblait de peur.
- Je n'hésiterai pas à la tuer si vous ne m'indiquez pas où se trouve la svastica.
- Derrière vous, informa le responsable de la mosquée. Il faut casser la fontaine dans le patio.
- L'historien m'a affirmé que ce que je recherche se trouverait dans la salle des prières.
- Il n'avait donc pas les bonnes informations.

14.

23h 05

L'assistante de vie d'Edmund venait d'ouvrir la porte à Mélina sans enthousiasme.
L'ancien national-socialiste avait un goût certain pour le baroque. Dans son salon aux couleurs très vives, avec des poutres au plafond, de multiples tableaux plus ou moins connus faisaient office de décor.
Le tableau de *La famille paysanne,* peint par Kalenberg, intrigua particulièrement Mélina. Cette mère qui tenait sa petite fille dans les bras ressemblait étrangement à Flora Jung. Curieusement, son expression ne reflétait pas l'amour maternel sain. Son visage laissait à penser qu'elle manigançait un projet funeste.
Une fois à l'intérieur, Mélina s'assit sur le divan. Ses yeux ne pouvaient se détacher du tableau. Mélina aurait tellement aimé se souvenir des bras de sa mère ! Mais Edmund lui avait rabâché durant toute son enfance qu'il ne savait rien de plus que l'accident, en essayant toujours de lui faire comprendre la chance qu'elle avait eue d'être recueillie dans une famille comme la sienne.
Le vétéran descendit les escaliers et regarda la jeune femme, comme si l'énorme pierre tombale du passé venait d'écraser son corps chétif. Son expression nostalgique trahissait son désarroi et son envie de la revoir.
Je me suis toujours demandé s'il ne mentait pas sur son âge, soupçonna Mélina.
Il se déplaçait avec des mouvements à peine plus lents que ceux d'un homme de quarante ans, son visage en paraissait vingt-cinq de moins. Ses yeux surtout faisaient peur, tellement enfoncés dans leurs orbites qu'ils donnaient l'impression d'avoir vu énormément de choses horribles. Elle ne le trouva pas tellement changé depuis ces dix-sept années, juste un peu plus ridé.
Mélina aurait pu lui pardonner au sujet de l'abandon. Mais

quelque temps plus tôt, cet homme avait fait publier un ouvrage clairement négationniste. La remise en cause de la Shoah étant interdite par la loi, il avait été condamné à un an de prison, les jurés n'ayant pas fait davantage preuve de clémence en raison de son âge. Cette affaire décrut d'autant plus l'envie de Mélina de le revoir. Dans son ouvrage, le nazi remettait également en cause la réalité de la Shoah en s'appuyant sur le fait que les chambres à gaz n'avaient pas pu exister. Il mettait en avant l'incompatibilité du cyanure d'hydrogène avec le programme. Comment les agents des camps d'extermination auraient-ils pu s'approcher des corps hyper cyanurés, sans être eux-mêmes asphyxiés ? Voilà l'une des nombreuses questions qu'il posait dans l'ouvrage.

De toute manière, on ne comprendrait pas mon texte, l'histoire est toujours écrite par les gagnants, avait-il argué pour sa défense.

Sans en apporter la preuve, dans un passage, il remettait également en cause le nombre officiel de personnes tuées pendant la Seconde Guerre mondiale, hypothèse inacceptable aux yeux du monde !

Mélina, sans ressentir de sentiment particulier à cet instant, se leva pour le saluer.

- Bonsoir Edmund, commença-t-elle.

Le vieillard s'assit sur son fauteuil en face du divan.

- S'il vous plaît, Mademoiselle, pouvez-vous apporter un verre d'eau avec du sirop de groseille avant de partir, demanda-t-il à son employé.

L'assistante s'exécuta.

Il s'en souvient, pensa Mélina, avec nostalgie.

- J'attends ce moment depuis tellement longtemps, avoua-t-il.

« Ça fait tellement cliché », s'affligea-t-elle.

L'assistante déposa les verres sur la table basse.

- Merci. À demain.
- Que la paix du seigneur soit avec vous, déclara-t-elle avant de quitter la maison.

- Tu es devenu chrétien maintenant ? demanda Mélina
- Les Espagnoles sont tellement croyantes ! Je suis sûr qu'elle parie tous les jours sur ma disparition. Elle attend impatiemment de me trouver sec dans mon lit un matin. C'est tellement beau à voir les morts !
- Tu n'as pas changé.
- Tu n'as jamais répondu à mes lettres.
- Je te rappelle que tu m'as abandonnée.
- Je ne t'ai pas abandonnée, Mélina. Quand je t'ai replacée à la DAAS, la moitié de ce château était à restaurer.

Elle avait refoulé toutes les bêtises de son enfance, mais toutes refaisaient surface maintenant. Elle avait surtout causé des dégâts matériels. *Comment peut-on être si naïve ?* Après d'incessantes moqueries de ses camarades de classe qui lui répétaient qu'elle vivait dans un château hanté, elle avait mis le feu à une chambre en renversant volontairement le poêle à pétrole, mais bizarrement, ce souvenir ne lui revenait pas très clairement, plutôt un rêve qu'un souvenir.

- Je ne suis pas venue ici pour parler de ça, avertit Mélina. Il s'est passé des choses troublantes ce soir.
- La secrétaire générale a tué ses enfants.
- Comment...
- J'ai regardé les journaux télévisés, mais je t'assure que cette femme n'a rien à voir avec ma famille, même si elle s'appelle Jung. Ses parents sont morts dans un accident de voiture lorsqu'elle était enfant, comme les tiens. Comme ils étaient tous les deux enfants uniques, la petite Flora a été élevée par un homme, un vieillard comme moi, adepte de la pension Résali.
- Où habite-t-il ?
- Il est mort.
- C'était un nazi, comme toi ?

Le vieillard se figea. Il détestait cette contraction française de national-socialiste.

- Je ne sais pas, lâcha-t-il crûment. Tout ce que je peux te

dire, c'est que Flora a reçu une excellente éducation.
- Absolument pas. Elle avait déjà un casier judiciaire à l'âge de seize ans ! Apparemment, les services judiciaires ont ignoré son passé, sinon, elle n'aurait jamais pu travailler au ministère.
- Tout dépend de la définition que l'on donne à : bonne éducation. Toi tu as bien passé toute ton enfance à pourrir la vie des gens qui ont bien voulu te recueillir chez eux…
- C'est un reproche ?
- Mais aujourd'hui, tu as une bonne situation professionnelle, enchaîna-t-il sans prendre en considération sa remarque.

Il laissa ensuite un silence s'installer tout en gardant ses yeux rivés sur elle. Mélina fut obligée de détourner le regard, elle ne parvenait pas à le regarder longtemps en face.
- Ce n'est pas l'envie de me revoir qui t'amène, n'est-ce pas ?
- Détrompe-toi, je suis vraiment contente de te retrouver. J'ai longtemps regretté ce que j'ai fait, mais je suis venue ici parce que je pensais que tu pourrais m'aider.
- Pourquoi ?
- Flora Jung faisait partie de la pension Résali, et peut-être d'autres organisations antisémites.
- Cette bonne vieille agence de propagande devenue une secte construite par les Témoins de Jéhovah !

Enfin quelqu'un qui me croit.
- Alors j'avais vu juste. Ce sont les Témoins de Jéhovah qui sont à l'origine de Résali !

Il hésita avant de continuer, l'heure de tout lui révéler n'était pas encore arrivée. Le vieux pensa qu'il fallait qu'il profite de ce moment : en ne lui fournissant que des informations partielles, elle reviendrait le voir jusqu'à ce qu'elle découvre toute la vérité
- Juste une petite erreur dans mes propos : disons qu'ils en ont été les principaux financiers. Et comme l'entreprise fonctionne à merveille aux États-Unis, ils n'ont pas eu beaucoup

de peine à donner un peu d'argent.
- Mais ça signifie donc que les Témoins de Jéhovah ont financé l'antisémitisme pendant la Seconde Guerre mondiale, puisqu'à l'origine, Résali était une agence de propagande pour le parti nazi, déduisit-elle.
- C'est fou à quel point on peut berner le monde. Ces Témoins de Jéhovah ne sont qu'une entreprise-écran... affirma-t-il.

Elle hocha la tête et continua :
- Cette mère avait éduqué les enfants selon la doctrine nationale-socialiste en leur apprenant le Coran, enfin les versets repris par la bible Résali.
- Quoi de mieux pour devenir néo-national-socialiste ? souffla le vieillard. C'est plus facile à lire que Mein Kampf.

Il observa un court silence et prit un air grave pour demander :
- Comment les a-t-elle tués ?
- Elle les a empoisonnés, répondit-elle.
- C'est donc une admiratrice de Magda Goebbels ? Intéressant.
- C'est ce que je pensais, ajouta Mélina.

Il détourna la tête en direction du tableau de la famille paysanne avant d'exposer sa thèse sur les infanticides.
- La signification de l'infanticide s'avère complexe. En 1945, Magda Goebbels a tué ses enfants parce qu'elle croyait qu'un monde sans national-socialisme ne pouvait pas les rendre heureux. Or toute mère rêve de voir grandir ces derniers dans un environnement épanouissant. S'il y a quelque chose qui vient contredire l'avenir de l'objet dont nous sommes fans, alors ça remet en cause ce futur idéal. Pourquoi devient-on partisan de quelque chose Mélina ?
- Parce qu'on le convoite.
- C'est une notion intéressante, mais elle n'intervient pas ici. Moi j'étais fan d'Hitler et de son parti. Pourquoi

selon toi ?
- C'est jubilatoire de se comporter en monstre.
- Tu n'as jamais fait de communication ma petite ! Imagine deux personnes en train de se droguer. L'effet final est identique, n'est-ce pas ?

Mélina acquiesça de la tête.
- Le procédé est le même, que ce soit pour les adeptes d'une secte ou même d'un parti politique. La communication publicitaire, par exemple, se fait en totale contradiction. Son but est l'inverse d'une communication. Il faut simplement faire adhérer l'individu par un bourrage de crâne en essayant de ne pas le laisser réfléchir sur l'objet de sa fascination. Si l'adepte commence à cogiter dessus, alors cela peut aboutir à un ravage. L'histoire nous l'a prouvé. Voilà Mélina, on devient partisan d'un parti politique, parce que l'on croit ce que nous disent ceux qui en tiennent les ficelles. Ils savent utiliser les mots. On a plus envie de réfléchir.
- Oui, j'y avais déjà pensé. Mais le national-socialisme n'existe plus.
- Non, l'islam a pris la relève, et de bien meilleure façon que ces néo-nazis.
- Cela signifie donc que Flora pensait que l'islam était une religion sans avenir, avança-t-elle.
- Non, je ne crois pas. Je ne pense pas que la seule motivation des crimes de Magda Goebbels soit la déchéance du parti national-socialiste, suggéra le vétéran.
- Mais elle a laissé une lettre.
- Oui. Elle expliquait : « Le monde qui va venir après le Führer et le national-socialisme ne vaut plus la peine qu'on y vive ». Relis bien cette phrase.

Mélina ne broncha pas.
- Et si Magda Goebbels avait trouvé quelque chose qui aurait pu remettre en cause les fondements du parti auquel elle adhérait ?

Elle but son sirop de groseille. Il la regarda avec nostalgie.
- Comment ça ?
Tu le comprendras bien assez tôt.
- N'allons pas plus loin. Qu'y avait-il d'autre ? continua-t-il à questionner.
- Les enfants ont été implantés pour prévenir la maladie de l'oubli
- J'ai cent ans, et toujours une bonne mémoire, se vanta-t-il avec une pointe de narcissisme.
- Après les avoirs tués, elle a arraché les implants. Cela n'a rien à voir avec le nazisme.
- Détrompe-toi, ma petite.

Le vieillard se précipita vers le placard et sortit une machine du temps de Mathusalem que Mélina ne parvint pas à identifier. Elle se leva et s'approcha du centenaire.
- Qu'est-ce que c'est ?
- Une machine Enigma. Elle fut commercialisée en Europe dès 1920 puis utilisée par l'Allemagne nationale-socialiste. Réputée inviolable par ses utilisateurs jusqu'à ce que notre cher Alan Turing ne fasse son apparition. Son principe en était très astucieux. Si je tape la lettre A, la lettre X s'allume. Si je retape la lettre A, une autre lettre s'allume.
- Très astucieux... se moqua-t-elle.
- Il s'agissait de l'un des systèmes de cryptage les plus élaborés. Le monde a évolué depuis.
- Qu'est-ce que tu veux me dire par là ?
- Que l'informatique est apparue aux alentours de la Seconde Guerre mondiale avec le national-socialisme. Et aujourd'hui, elle sert à soigner des gens.

Peut-être par manque de connaissance historiques, Mélina restait silencieuse. Il n'empêche qu'elle restait tout ouïe.
- Je vais te raconter une autre anecdote. Lorsqu'un homme était soupçonné d'espionnage, on le torturait. Certains résistaient, d'autres pas. Ceux qui résistaient étaient

battus à mort et ne parlaient pas, au grand désespoir de celui qui le torturait. Et qu'aurait voulu le bourreau à ce moment-là ?

Mélina ne broncha pas.

- Il aurait voulu s'introduire à l'intérieur du système neuronal de l'individu pour y prendre les informations qu'il recherchait. Certains voyaient en l'informatique l'élément futur qui permettrait de décrypter les neurones.
- Mais c'était impossible...
- Oui, alors ils ont créé l'AZ-4. À l'origine, il s'agissait d'un produit médical. On pouvait ainsi opérer les gens sans anesthésie. Grâce à ce produit, ils résistaient à la douleur. Cette drogue détenait également le pouvoir de délier les langues, mais ne suffisait pas toujours. Nous envoyions des décharges électriques sur ceux qui tenaient bon. Nous les brûlions pour qu'ils parlent.
- Je ne comprends toujours pas où tu veux en venir, finit-elle par lui signaler.
- Tu comprendras certainement lorsque tu auras avancé dans l'enquête.
- Ce n'est malheureusement pas moi qui en suis chargée.
- Je sais très bien que tu ne vas pas laisser cette histoire sans épilogue final, ma petite Mélina.

Il contempla un long moment son joli visage.

- Tu es belle.

Elle sourit furtivement.

- Si tu trouves la vraie raison pour laquelle Magda Goebbels a tué ses enfants, alors tu trouveras le mobile de l'acte odieux que vient de commettre Flora Jung.

Toutes ces informations, quoiqu'indigestes, présentaient une certaine cohérence, elle le sentait. L'antisémitisme, la médecine informatique... Ces enfants, nullement atteints de la maladie de l'oubli, avaient peut-être servi de cobayes pour une idée d'expérimentation nazie qui faute de moyens informatiques, n'avait pu être réalisée durant la Seconde Guerre mondiale.

C'était une supposition parmi d'autres ...
- Elle a aussi laissé un code écrit de sa propre main avant de mourir. C'est 4x0 11 4x0

Le vieillard fit mine de ne pas comprendre.
- Et je ne suis pas sur l'enquête, insista-t-elle, ordre du ministère de l'Intérieur.
- C'est quand même étrange ça ! En fait, c'est vraiment parce qu'elle s'appelait Jung que je suis venue ici, avoua t-elle.
- Non, Mélina c'est parce que tu possèdes une réelle âme d'enquêtrice. Et que tu veux connaître le dénouement.

Lorsqu'elle était arrivée dans sa maison à l'âge de sept ans, Edmund n'avait pas voulu lui cacher sa véritable identité, il lui révéla sans détour que ses parents avaient péri dans un accident d'avion. Quelques années plus tard, elle avait entrepris des recherches sans aucune aide. Edmund ne lui avait pas menti. L'Airbus 8200 s'était écrasé sur une île inconnue avec à son bord Tom et Sylvia Giggari.
- Autre chose, continua Mélina. Il est très probable que Flora Jung ait été en relation avec le Hezbollah, le summum de l'antisémitisme.
- Toutes les sectes néo-nazies entretiennent un lien avec les islamistes radicaux. On croit qu'elles ne sont pas très dangereuses, mais comme ils financent l'antisémitisme, ils attaquent donc silencieusement.

Mélina hocha la tête.

C'était la première fois qu'elle avait eu une conservation aussi intense avec cet homme. Cette connexion qui venait de se rétablir entre eux renforçait son envie de continuer la recherche de la vérité.
- Il y a quelque chose que j'ai omis de te dire : l'aînée a été enlevée.

Cette information le figea, mais ne provoqua aucune réponse. Mélina n'insista pas.

Le vétéran sortit un journal intime de son buffet, puis se

retourna en direction de Mélina. Après s'être approchée, elle fixa cet objet avec intensité.
- Je te l'avais offert le premier jour de notre rencontre.
- Oui, fit-elle, nostalgique. Et tu m'avais recommandé d'y consigner quelque chose tous les soirs pour ne plus oublier.
- Mais tu ne l'a jamais fait. Et il est resté vierge.
- Comme les sept premières années de ma vie.
- Tu croyais que j'étais un monstre qui voulait t'enfermer avec moi, qui voulait tout savoir, mais je n'ai jamais été cet homme.
- Tu l'as été.
- Le national-socialisme m'a formaté Mélina. Et c'était il y a bien longtemps. J'ai essayé de devenir un homme bien après. Peut-être n'y suis-je pas vraiment parvenu ... Mon livre n'a pas été apprécié, mais je n'avais rien divulgué de mal. J'ai juste tenté de révisionner l'histoire.

Un silence interrompit la conversation.
- Si tu enquêtes, je te raconterai la vérité sur les sept premières années de ta vie.

Mélina écarquilla les yeux de stupéfaction, elle aurait pu lui reprocher de lui avoir menti, qu'il savait très bien qui elle était, d'où elle venait. Mais ce n'était pas la peine.
- Si tant est que j'accepte. Par où dois-je commencer ?

Le vétéran sortit une valise qu'il gardait cachée sous une armoire sans même répondre. Décidément, ils avaient l'art et la manière d'esquiver les questions. Il ouvrit la valise, prit deux seringues pré-remplies d'un liquide incolore, et les tendit à Mélina.
- Ce sont des sédatifs. Tu pourrais en avoir besoin.

Elle le regarda avec une expression de visage intense comme si elle sentait que ce qu'elle allait vivre ensuite relèverait d'une course contre la montre parsemée de milliers d'obstacles. Cette seringue n'était donc pas une arme de trop. Elle la prit, la mit dans la poche de sa veste.
- Reviens me voir quand tu auras recueilli d'autres

informations.

15.

21h 20

Dans cette atmosphère tendue et étrange, on se serait cru à une réunion d'urgence entre politiques complotistes pour régler une affaire officieuse. Comme si la République n'était qu'une entreprise-écran, un sacré bouclier permettant aux hommes politiques d'entreprendre des affaires louches pour se remplir les poches !

- Elle n'est pas morte, elle est toujours avec lui, déclara Billy Emman en parlant d'Helga.
- Tu n'aurais pas dû prévenir l'ambassadeur, reprocha la première dame à son mari.

Billy Emman avait passé sa vie à mettre au point le programme informatique pour soigner la maladie de l'oubli. L'idée qu'un arabe corrompu puisse tout détruire en une soirée lui était insupportable.

Le Président se leva et serra la main de l'ambassadeur, délaissant lors de la conférence de ce soir-là son sourire habituel. Billy Emman pensait que c'était le seul espoir de cette soirée pour faire bouger cette *peau de vache* de ministre de l'Intérieur, et la première dame. Elle fut d'ailleurs gratifiée deux fois du titre de première dame. Elle avait divorcé du précédent chef de l'Etat. Il l'avait seulement gardée auprès de lui six mois avant de déclarer leur séparation par communiqué de presse. Par vengeance, l'une des plus remarquées de l'histoire, elle écrivit un livre vendu à des millions d'exemplaires où elle accusait clairement son ex-compagnon d'incompétence. Mais le scandale s'était vite dissipé et l'on pouvait trouver désormais cet ouvrage sur leboncoin.fr à un ou deux euros, les lecteurs souhaitant s'en débarrasser. Elle s'était ensuite consolée dans les bras de Georges Derniss.

- Que se passe-t-il ? Monsieur le Président.

La sueur coulait sur le front du chef de l'état, mais il ne donnait pas forcément l'impression de craindre pour sa vie. Il se sentait surtout tellement mal à l'aise qu'il aurait voulu se téléporter

dans une autre galaxie.
- Jung a tué ses cinq enfants, lâcha-t-il après une bonne dizaine de secondes de silence.
- Ça, c'est très bien pour nous. Elle n'avait pas à fouiner… (Il s'interrompit). Où est le sixième ?

L'ambassadeur s'assit sur une chaise, prit le verre d'eau et le but entièrement d'une seule gorgée.
- L'un de vos amis du Hezbollah l'a enlevé, Monsieur l'Ambassadeur du royaume des Juifs, persifla la première dame.
- Il faut intervenir le plus vite possible.
- C'est ce que je préconise depuis le début, fayota Emman.
- Nous pensons qu'il désire simplement de l'argent. Il lui serait de toute façon impossible de lire le fichier stocké dans l'implant de la fille, assura la première dame.
- Le ministère de l'Intérieur se doit de garantir la sécurité nationale. Or Eddy Alsoufi est un terroriste, rappela Emman.
- Officiellement mort !

L'ambassadeur soupira longuement et reprit :
- Ne pouvez-vous pas simplement détruire ce fichier contenu dans l'implant de la petite Monsieur Emman ?
- À distance, c'est impossible. Pas sur cet implant.
- Où se trouve cet homme ? exigea t-il de savoir.

Billy Emman apporta un ordinateur portable ML+ et le posa à la vue de l'ambassadeur.
- Qu'est-ce qu'il fout à la mosquée de Paris ? s'énerva-t-il.
- Nous savons très bien que le livre ne s'y est jamais trouvé, continua Éva Derniss. Il faut attendre qu'il appelle.
- Mais est-ce qu'il connait la véritable valeur de cet implant ? Est-ce qu'il connait le lien qu'il y a avec la maladie de l'oubli !
- Il sait que cet implant permet de soigner la maladie ! fit le ministre des affaires étrangères.
- Je ne vous parle pas de ça imbécile, envoya l'ambassadeur.

Tout le monde sait que l'implant soigne cette maladie. Vous êtes vraiment une erreur du gouvernement Monsieur Martha.
Véxé, il s'assit sur la table et but un verre d'eau.
- On ne sait pas ! affirma la première Dame. On ne sait pas s'il en sait plus sur cet implant.
- Je ne vous laisserai pas beaucoup de temps avant de prévenir le Mossad. Vous lui devez beaucoup, Monsieur Emman. L'État d'Israël a fait partie de ceux qui vous ont fait confiance. La fille devrait déjà être retrouvée !
- Nous avions déjà les Témoins de Jéhovah sur le dos, maintenant le Mossad et la pension Résali… fit Emman.

L'ambassadeur se leva. Avant de sortir, il posa une dernière question.
- Est-ce qu'il y avait un autre commissaire sur place, en plus de Monsieur Hélium ?
- Le commissaire Giggari se promène toujours dans la nature, répondit Martha.
- Vous m'aviez bien précisé qu'elle devrait se trouver à New York, interrogea Billy Emman.
- Elle n'est certainement pas à New York. C'est le genre de petite fouineuse dont il faut se méfier.

Emman resta dubitatif.

Ensuite, l'ambassadeur jeta un regard dédaigneux sur l'ensemble de la salle, comme si tous ces hommes politiques, comme des virus, allaient le contaminer. Il fallait donc fuir rapidement.

On voyait bien que le Président ne souhaitait pas s'occuper de cette affaire. Il connaissait l'importance de la fille face au traitement qui soignait des millions de gens. Mais la situation était tellement absurde… Dès qu'on parlait de ce foutu traitement, tous ceux qui avaient financé les tests déboulaient pour un oui ou pour un non. Et ce soir, c'était vraiment le summum.

Il fallait désormais que tout ce petit monde politique se retrouve dans le cimetière inconnu pour l'inhumation du corps de Flora

Jung. Ils se levèrent.

Rémy avait gagné sa partie de tarot en ligne à 23h 22 précises. Mélina ouvrit la portière et soupira fortement. La mémoire interne saturée, elle prit la bouteille de coca et en ingurgita le contenu pour ôter ce tenace goût de groseille qu'elle conservait dans la bouche. *Je n'aime plus vraiment le sirop de groseille,* se dit-elle.
- Tu devrais arrêter avec ce coca, suggéra Tommy. Que s'est-il passé ?
- J'ai encore besoin de ton aide. Il faut qu'on aille au ministère des Affaires étrangères fouiller dans le bureau de Flora Jung.
- Tu plaisantes ?
- Non, je suis tout à fait sérieuse.

Le teint de peau de Tommy vira au blanc cadavérique.
- Avec tes conneries, j'en ai pour 5000 euros de réparations sur ma voiture. Qu'est-ce que ce vieux schnock de nazi a bien pu te raconter ?
- Il m'a éclairée sur beaucoup de choses. Il faut qu'on comprenne absolument pourquoi Flora Jung a tué ses enfants. Commençons par le commencement. Elle travaillait au ministère des affaires étrangères. Une pièce de ce foutu puzzle réside dans ses relations internationales. Tu l'as dit toi-même, la pension Résali envoie des jeunes musulmans dans les pays arabes pour travailler pour les « partis de Dieu », donc pour travailler à l'étranger. Et l'étranger, c'est le boulot de Flora Jung.
- Ce n'était qu'une supposition. Ce sera sans moi, clama Tommy.

Mélina allait commettre un geste qu'elle regretterait le restant de ses jours, mais elle n'avait pas le choix. Depuis le début de la soirée, elle avait gardé une arme à feu sur elle. Elle aurait préféré ne pas la sortir. Mais il fallait qu'elle aille au ministère.

Elle la dégaina et la pointa sur la tempe de Tommy. Un courant

électrique figea ses membres. *Ma seule amie au monde me menace d'une arme...*
- Je n'aime pas beaucoup ce que je suis en train de faire, mais j'ai besoin de tes capacités informatiques pour déprogrammer les caméras de surveillance et les alarmes du quai d'Orsay.
- Je travaille chez IBM ! Je n'ai pas la capacité de pirater un système d'État !

Tommy regrettait de lui avoir montré comment le Mossad avait déprogrammé des vers informatiques afin de déstabiliser le réseau de caméra de surveillance de l'ambassade d'Israël, aux États-Unis, en 2016. À cause de ça, Mélina le croyait capable de tout question informatique.
- Mon petit Tommy, j'ai du mal à croire qu'un mec qui touche un salaire de 45 000 euros chez IBM ne puisse pas déprogrammer de simples caméras.
- Nous étions amis Mélina…

On sera toujours amis. J'ai besoin de toi, c'est tout.
- Démarre, ordonna-t-elle.

Tommy s'exécuta instantanément.

16.

21h15

Le responsable de la mosquée de Paris détruisait de toutes ses forces la fontaine du patio. C'était un acte susceptible de le condamner à la prière 22h/24 pour le restant de ses jours.
Pardonne-moi Allah.
Allah n'existe pas. Pas celui que tu crois, se disait le Palestinien comme s'il venait de faire irruption dans le cerveau de ce malheureux responsable.

Désormais asséchée de toutes les larmes de son corps, Helga ne pleurait plus. Elle donnait maintenant l'impression que quelque chose avait pris place en elle. Quelque chose de malsain.

Eddy savait que sa fille avait été enlevée par Philippe Ducroix. Flora l'avait appelé à l'aide lorsque leur enfant avait disparu. En travaillant pour le Hezbollah, la femme politique pensait qu'il avait bien un moyen de le localiser. Après quelques recherches, Eddy avait trouvé une maison en Seine- Saint-Denis qui appartenait à la grand-mère maternelle de Ducroix. Il avait tenu sa promesse envers Flora et avait rendu la monnaie de sa pièce à celui qu'il qualifiait de «débris humain ».

Après avoir mis Helga hors de danger, il avait ligoté le bourreau dans le cabinet médical qu'il avait aménagé dans le sous-sol de la maison. Avec un cutter, il avait fait une excision dans son abdomen et avait coupé un long morceau d'intestin avant de lui enfourner dans la bouche. Puis il avait coupé son estomac. « Apparemment, on ne meurt pas tout de suite », ironisa-t-il devant Ducroix qui hurlait plus fort qu'une sirène. Il avait fini par lui verser de l'essence dessus avant d'enflammer son corps. Puis il avait ramené la petite Helga à sa mère sans laisser aucune trace de son identité sur le lieu du crime.

Helga ne se souvenait plus de ce moment-là.

Eddy se reprochait un peu de faire subir à sa fille une nouvelle mésaventure, mais ce soir, c'était différent. Helga aurait dû mourir avec ses frères et soeurs. Il devrait la tuer. *Que fera-t-elle de son avenir de toute façon ?* se répétait-il.

Le responsable s'essoufflait. Devant sa lenteur, Eddy devait prendre une décision. Il tendit l'arme à la jeune fille, qui la refusa après un brin d'hésitation.
- Écoute ma grande. Tu m'as montré que tu pouvais te montrer très intelligente...
- Je ne veux pas mourir.

Il commençait à avoir honte de regarder sa fille biologique dans les yeux. Il essuya les larmes sur ses joues, mais elle repoussa sa main.

Des fragments d'images du passé venaient à l'esprit de la petite. Elle ne les comprenait pas. Elle ne comprenait pas pourquoi cette petite fille qui lui ressemblait tant cassait les carreaux avec une batte de base-ball. Elle ne comprenait pas pourquoi cette petite fille qui apparaissait dans sa mémoire mordait ses petits frères et criait.
- Prends cette arme, insista Eddy.

Elle se résigna docilement.
- Je vais continuer à casser la fontaine. Au cas où il essayerait de s'enfuir, il faudra que tu appuies sur la détente dans sa direction.

Éventualité presque débile, puisque le responsable n'aurait pas de mal à arracher le revolver des mains d'une petite. Mais si Helga appuyait sur la détente, ou que le responsable s'empare de l'arme, ça n'enverrait qu'une décharge électrique capable d'immobiliser à distance. Et le corps du Palestinien en avait tellement reçu lors de ses missions pour le Hezbollah qu'il était, de toute manière, immunisé contre l'électricité.

Il arracha la masse des mains du responsable et continua à détruire la fontaine.

Le responsable, qui venait partiellement de reprendre son souffle, s'approcha de la fille, lui prit l'arme, et la projeta en arrière. Il tira sur Eddy, qui ne ressentit presque rien, juste un simple frissonnement.

– Merde, lança-t-il.

Pris de panique, il jeta l'arme à terre et essaya de regagner la sortie, mais la décharge électrique fut plus puissante sur lui que sur Eddy. Ça le figea à terre. Le corps du responsable de la mosquée de Paris s'était immobilisé à jamais.

Eddy le regarda cinq secondes, mais faute de temps pour un quelconque remords, il continua à détruire ce qu'il restait de la fontaine. On aurait cru qu'il avait attendu ce moment toute sa vie, tellement il s'acharnait à fracasser ce marbre.

Il s'accroupit. La représentation de l'étoile de David imprimée sur le carrelage l'étonna : *Comment ont-ils pu nous mentir ainsi, l'étoile de David dans une mosquée...*

Il donna un dernier coup de masse sur le carrelage, ultime étape pour atteindre le livre.

Le vide total...

17.

23h 43

Tommy conduisait nerveusement sur le quai d'Orsay. La neige avait ralenti la circulation et les phares des voitures l'éblouissaient. Il avait l'impression que sa vie pouvait basculer à tout moment dans le blanc complet du décor du paradis.

J'ai toujours était bon dans ma vie, je ne mérite pas d'aller en enfer, se répétait-il.

Il bifurqua sur la rue de l'Université où se trouvait l'entrée des jardins du ministère des Affaires Étrangères.

Mélina n'avait pas prononcé un mot depuis le manoir Alcôve
Elle avait envie de lui crier qu'elle était désolée. Durant toute la durée du trajet, elle s'était remémorée les cours d'informatique que Tommy lui avait enseigné, un simple divertissement pour elle à ce moment-là. Il lui avait appris comment attaquer un réseau. Il lui avait appris les failles du système Windows qui permettent de s'infiltrer dans l'ordinateur de son ennemi et de le déprogrammer.

Ce temps était révolu.

Tommy était rebuté.

Que celle qu'il considérait comme sa meilleure amie l'ait menacé d'une arme avait irrévocablement brisé quelque chose entre eux. Il se forçait à retenir des larmes.

Je n'avais que toi.

Mélina regrettait déjà son geste disproportionné et aurait tout fait pour reconquérir son amitié.

Il se gara.

- Je suppose que tu partiras lorsque je vais rentrer ? lui demanda-t-elle.
- Ça me semble une bonne idée, répondit-il froidement. Je suis un homme simple. À défaut de siège d'avion, un lit m'attendait.
- Je suis désolée.
- C'est dans un asile psychiatrique qu'il faudrait que je te

conduise, conclut-il, face à un tel dérangement mental.
- C'est simplement parce que j'ai besoin de toi, affirma Mélina.
- Je vais désactiver toutes les caméras pour que tu puisses jouer à l'agent secret. Et après je pars.
- Je t'en supplie, insista-t-elle.

Elle avait toujours agi en respectant scrupuleusement les règles ; s'aventurer dans la peau d'une espionne lui donnait un sentiment étrange d'être hors-la-loi. Et en plus, elle allait entraîner Tommy sur ce chemin.

Tommy saisit son McBook15 et débuta le programme de neutralisation du système de caméras de surveillance du quai d'Orsay.
- Combien de temps ?
- Je n'en sais rien, lui lança-t-il froidement.

Cette réponse acerbe piqua le cœur de Mélina. Ne voulant pas ajouter à son stress, elle se tut. La manipulation paraissait tellement complexe qu'elle préféra détourner le regard de l'écran.

Elle ressassait le plan.

Une fois passé le portique de sécurité, il lui faudrait traverser le jardin jusqu'à la porte qui mène sur la galerie de la paix. La salle des mappemondes devrait certainement se trouver en haut des escaliers, le coffre-fort quant à lui, devrait être dissimulé dans le globe entre les deux sofas.

Ça lui paraissait trop insensé. D'autant plus qu'il s'agissait encore d'une rumeur infondée lancée par un internaute lambda sur un forum politique du web : un globe entre deux fauteuils cacherait le coffre-fort d'une secrétaire générale... Mais c'était la seule piste en sa possession, puisqu'elle n'avait pas pu localiser le bureau de Flora Jung.

- C'est bon, fit Tommy. Attends, tu ne sais même pas par où commencer. Juste après m'avoir mis ton putain de flingue sur la tempe...
- Ce n'était pas une menace, l'interrompit-elle. C'était un

cri de désespoir. J'avais peur que tu me laisses.
- Juste après m'avoir mis ton putain de flingue sur la tempe, reprit-il, tu as appelé ton ami qui travaille au ministère. Si j'ai bien compris, il ne sait même pas où se trouve le bureau de Flora Jung. Tu ne trouves pas ça étrange ?
- En tout cas, elle a un coffre-fort.

Lorsqu'elle était persuadée de quelque chose, elle ne se donnait même pas la peine d'analyser le contenu des suggestions de ses interlocuteurs. Son seul but : pénétrer dans les locaux du ministère et rien ne pourrait l'en empêcher.
- C'est juste un rigolo qui s'amuse à colporter sur Internet que le coffre-fort de la secrétaire générale se trouve dans ce globe. Mais qu'est-ce qu'il en sait ? s'énervat-il devant l'entêtement de Mélina à croire, ce que lui considérait, comme du n'importe quoi.
- Je veux simplement essayer.
- Et si tu te fais prendre ? Tu ne pourras pas continuer. Nous pouvons chercher des preuves dans plein d'autres endroits.
- Donne-moi ta veste.
- Quoi ?
- Fais ce que je te dis.

Tommy enleva sa veste, Mélina sortit du véhicule sans répondre. Il soupira longuement pour calmer son anxiété.

L'envie de partir ne lui manquait pas, mais il reconnut la voiture des terroristes de la fusillade de la rue des Saussaies. Elle se gara à quelques mètres de sa Mitsubishi.

Ses membres se tétanisèrent de peur. Pour la seconde fois, Mélina courait un danger, il ne pouvait pas la laisser.

Mélina passa le portique de sécurité à 23h 55. Tommy avait tenu sa parole. Aucune alarme ne se déclencha.

Ce grand bâtiment refait à neuf ressemblait à une caserne à secret diplomatique qu'il fallait fouiller à tout prix. Dans ce grand silence, les minces flocons de neige qui tombaient contribuaient à rendre l'atmosphère encore plus effrayante. Mélina ressentait exactement la même forme de peur qu'elle avait eu en entrant dans la propriété d'Edmund.

Si les alarmes se sont bien tu, l'antivirus humain du ministère n'avait pas dit son dernier mot. Un garde armé s'approcha de Mélina, comme s'il venait de détecter un fichier malveillant. Elle avait bien conscience que son charme n'opérerait pas et qu'il allait bien vite remarquer qu'elle tentait de s'introduire.

Elle présenta sa carte de commissaire.
- Je suis le commissaire Mélina Giggari.
- Il n'y a personne ce soir. Vous avez dû vous tromper, mademoiselle Giggari.

Le garde la prit par le bras pour la retenir.
- Lâche-moi, ordonna-t-elle à voix haute. Je ne pensais pas déjà utiliser ma seringue.
- Quoi ? Aïïïïïïï !

La piqure fit très mal. Le garde n'eut pas le temps de réagir qu'il tomba à terre sous l'effet du sédatif.

Mélina posa la main sur le cœur de l'homme pour vérifier s'il n'était pas mort. Elle était très effrayée à l'idée de l'avoir tué, mais Edmund ne lui avait pas menti, son cœur battait toujours. Elle enfila ses lunettes noires et rabattit sa capuche. Ce n'était pas très prudent, on pourrait la remarquer plus facilement, mais au cas où elle aurait à fuir, son identité faciale serait protégée.

Arrivée au premier étage de l'hôtel du ministère, Mélina ouvrit le globe : rien à l'intérieur...
- Merde, lâcha-t-elle.

Un bruit venant du deuxième salon attira son attention. Elle refit de mémoire la visite virtuelle des locaux du ministère. Il fallait traverser le premier salon pour atteindre le deuxième.

Dans le premier, les murs rouges rappelaient la couleur de l'hémoglobine qu'elle avait tant vue en l'espace de quelques heures. Les sols en parquet marron étaient strictement identiques à ceux des chambres des enfants Jung.

Elle surprit un homme d'une trentaine d'années qui tentait d'ouvrir un coffre-fort numérique dans le deuxième salon. La peau légèrement mate, il était habillé en costard cravate. Elle s'approcha de lui.
- Qui êtes-vous ?

Cette question le fit sursauter. Sans que Mélina lui demande quoi que ce soit, il leva les mains en l'air tel un enfant pris sur le fait.
- Je suis un employé, se justifia-t-il. Vous pouvez vérifier ma carte si vous voulez.
- Je ne suis pas de la sécurité, le rassura Mélina.
- Que cherchez-vous alors ?

Le souvenir physique de cet homme se reconstruisit dans sa mémoire. Elle l'avait vu maintes fois en compagnie de Flora Jung. Il s'appelait Mehdi Youri.
- Vous connaissiez Flora Jung ?
- J'étais son assistant, avoua t-il.

Il ne fallait pas qu'elle lui fasse de mal, il pouvait l'aider à avancer dans l'enquête. Mais elle devinait que le coffre-fort qu'il essayait de forcer à l'instant appartenait à Flora Jung. À première vue, cet assistant n'était pas un voyou, juste un curieux qui cherchait des preuves, espérant comprendre pourquoi la secrétaire générale avait massacré toute sa famille. Il avait certainement profité du défaut de sécurité pour parvenir jusqu'ici.
- Baissez votre arme, s'exclama-t-il.
- Ce soir, la personne pour qui tu travaillais a perpétré le plus grand massacre depuis 1945. Et tu voulais en connaître le mobile, n'est-ce pas ?

Je sais déjà pourquoi, se dit-il.
- Ouvre ce coffre-fort, exigea t-elle.
- Je n'ai pas le code.
- Je ne te voulais pas de mal. Alors ne m'y oblige pas, lança Mélina, en articulant bien ses mots.
- Seulement deux personnes le connaissent, divulgua Mehdi Youri. Le ministre des affaires étrangères et Flora

Jung.
Il vint une idée à Mélina. Elle regarda le cadran.
- Il n'y a que des chiffres ?
Trop belle coïncidence.
- Combien de fois peut-on essayer avant qu'il ne se bloque ? questionna la jeune commissaire.
- Deux fois. J'ai déjà essayé une fois.
- Je vais te dicter un code. Tape-le.
Il se dirigea vers le coffre-fort.
- *0000110000*

Il s'ouvrit. L'assistant en resta tout ébahi. Il avait essayé depuis tant d'années de le trouver ! Il était persuadé qu'en travaillant auprès de Flora Jung, il finirait tôt ou tard par en découvrir le contenu.

Il se demandait désormais comment se débarrasser de Mélina, ce fichier trop encombrant.

Il se jeta sur elle, mais elle lui tira dessus. La balle avait transpercé son estomac.

- Ce ne sont pas vos affaires, cria-t-il sous l'effet de la douleur.

Il avait l'impression que son âme s'évaporait. Un mal de ventre lui fit pousser un interminable cri de détresse qui résonna comme dans un canyon.

Des gardes arrivèrent.

Mélina déroba le contenu du coffre-fort, une simple clé USB de couleur noire.

18.

Mélina partit à vive allure vers le dernier étage de l'hôtel du ministère. Elle se trouvait désormais dans l'un de ces bureaux étroits au plafond bas, juste deux centimètres au-dessus de sa tête. Elle ouvrit un placard, se dissimula à l'intérieur pendant une bonne dizaine de minutes. Cette cachette fit rejaillir dans son esprit les images d'un souvenir lointain.

Le jour de ses quinze ans, Monsieur et Madame Verger obtinrent l'agrément pour adopter la jeune Mélina. Contrariée de partir chez ces inconnus, elle s'était échappée en courant dans les couloirs de l'orphelinat et s'était cachée. Elle ne les détestait pas, mais elle ne voulait plus commettre l'erreur de se rebeller comme elle l'avait fait avec Edmund Jung. Et pourtant c'était inéluctable, elle n'avait jamais pu supporter l'autorité.

Le directeur de l'orphelinat la retrouva. Monsieur Verger s'approcha d'elle.

La jeune fille baissa la tête.
- Nous te faisons peur ? demanda-t-il.
- Non, répondit-elle, la tête baissée.
- Alors pourquoi fuis-tu ?
- Je ne suis pas comme les autres filles.
- Nous en sommes persuadés. Nous vivons dans une magnifique propriété, tu sais, murmura Madame Verger.
- Mais je vais y mettre le feu.

Monsieur et Madame Verger connaissaient le passé légèrement pyromane de Mélina, mais, à cet instant, sa franchise les fit rire.
- Nous allons t'apprendre à te maîtriser. À respecter les autres, et toi-même.
- J'ai coupé les cheveux d'une camarade aujourd'hui. Vous trouvez ça normal ?
- Pourquoi ? voulut savoir monsieur Verger.
- Parce qu'elle se moquait de moi.

- Pourquoi se moquait-elle de toi ?
- Je ne sais pas.
- La seule raison pour laquelle elle s'est moquée de toi est que tu es une fille extraordinaire. Et que cette camarade ne le supportait pas.

Mélina lui sourit. Un sentiment de confiance venait de naître entre ces gens et elle.
- Alors, maintenant sors de ce placard ridicule et suis-nous.

La bonne entente entre Mélina et les Verger avait duré plus d'un an. L'adoption d'un autre enfant par le couple y mis fin. Pour la première fois de sa vie, Mélina connut la jalousie et ne supporta pas que des parents si extraordinaires puissent partager leur amour. Elle avait encore tout fait pour qu'ils se lassent d'elle, coupant les pneus de leur voiture, arrachant le papier peint dans toutes les pièces, faisant du bruit lorsqu'ils regardaient leurs émissions préférées ou en les dérangeant exprès au moment de l'acte sexuel.

Après leur séparation, ils ne s'étaient plus jamais revus.

00h00

On avait l'impression que tous les politiques s'étaient rassemblés sur cette place des quais de Seine en banlieue parisienne, et qu'ils tramaient un projet funeste.

Eddy assistait aux obsèques secrètes de Flora Jung dans un cimetière inconnu, une sorte de chantier-écran. Mais personne ne se doutait de quoi que ce soit. Devant la grille était juste mentionné : défense d'entrer, danger de mort. On aurait pu plutôt écrire : danger de voir des morts...

Les terroristes ayant perpétré un attentat en région parisienne y avaient leur place. Rien n'indiquait qu'il s'agissait d'un cimetière. Un trou assez profond dans la terre. Inhumation du cercueil. Reboucher le trou. Et le protocole était terminé.

Eddy connaissait par cœur les noms des dix terroristes qui

reposaient dans ce soi-disant chantier. On les avait enterrés là pour ne pas que leur tombe se transforme en lieu de culte. C'était inimaginable pour certains, mais pourtant la stricte vérité. En Autriche, on fleurit quotidiennement la tombe de la mère d'Hitler. Non pour sa propre mémoire, mais pour celle du Führer.

Des gens arriveraient du monde entier pour se recueillir sur la tombe de Flora Jung – parce qu'ils feraient aussitôt la corrélation entre son acte et les meurtres de Magda Goebbels. Dans les cinq prochaines années, pas moins de cent mille fans du parti national-socialiste rechercheraient la sépulture de la femme politique, selon les projections du ministère de l'Intérieur.

Le Président de la République avait hâte de partir. Sa jambe tremblait de tension et il se demandait si toutes ces précautions étaient bien nécessaires. Après tout, cela aurait augmenté le chiffre d'affaires des fleuristes de la région parisienne et aurait empêché que des fous passent leurs congés annuels à rechercher la tombe d'une malade, se disait-il.

La première dame garda le silence. Le ministre des Affaires étrangères proposa de dire une prière pour le salut de son âme. Un « Je vous salue Marie », la seule qui lui vint à l'esprit.

Même Eddy – le terroriste – ressentit une peur quasi enfantine, dans cette atmosphère lugubre et ce froid glacial. Le portable d'Éva Derniss sonna, ce qui fit sursauter le Président de la République qui l'interpella :
- Tu aurais pu éteindre ton portable…
- Un problème à la mosquée de Paris, l'informa-t-elle. On doit y aller immédiatement.

Oui, pensa Eddy. *Un magnifique spectacle dans la mosquée de Paris.*

Giggari quitta le placard à 00h 10 et n'eut aucune peine à rejoindre la voiture de Tommy sans se faire prendre.

Mélina ouvrit la boîte à gants. Elle trouva un essuie-tout et s'essuya compulsivement les mains sous le regard interrogateur de Tommy.

- Je n'ai pas eu le choix, il s'est jeté sur moi, expliqua-t-elle.
- Combien de personnes comptes-tu tuer ce soir ?
- Je te répète que je n'ai pas eu le choix. Et que je n'ai jamais voulu te tuer. Je savais que j'avais besoin de toi. La preuve.
- Et c'est pour cette clé USB que tu as supprimé un homme ?
- Je ne pense pas qu'il soit mort.

La voiture noire que Tommy avait remarqué quitta les lieux. Il la regardait partir avec un air grave.

- Qu'est-ce qui a ? demanda Mélina.
- Rien, je croyais que c'était la même voiture de la rue des Saussaies. Mais je deviens fou. A cause de toi !

Elle continuait à s'essuyer les mains tout en racontant :

- Avant de se trancher la gorge, Flora Jung avait noté un code sur le mur avec son propre sang, code qui a servi à ouvrir son coffre-fort. Elle voulait que les enquêteurs viennent fouiller dans son bureau pour trouver cette clé, j'en suis certaine.
- Tu accordes bien des circonstances atténuantes à cette femme.
- On a tous des circonstances atténuantes.
- Philosophe ?
- Je condamne fermement les actes de Flora. Mais tu n'es pas flic, tu ne peux pas comprendre.
- Non je ne suis pas flic. Mais normalement un flic devrait se montrer prudent, or, toi tu ne l'es pas, Mélina.

Encore une fois, le cerveau de Mélina détecta ce conseil comme un malware qu'il détruisit instantanément.

Tommy sondait du regard la clé USB. Il savait qu'elle ne pouvait s'ouvrir qu'avec un seul système d'exploitation jamais encore commercialisé.

- Il n'existe pas beaucoup de clés USB de ce genre.
- Pourquoi ?

- Certains processeurs ont été écrits dans un langage de programmation inconnu du grand public. C'est le langage de programmation ML+. Comme CC+. Tu les connais ?
- Je vois à peu près.
- Chaque processeur possède son propre langage machine, dont un code qui ne peut s'exécuter que sur la machine sur laquelle il a été préparé. C'est du charabia d'informaticien, mais le programme qui peut ouvrir cette clé USB n'est disponible que sur un système dont le compilateur du processeur a été écrit en ML+.
- Tu peux me faire un résumé ? demanda Mélina.
- En gros, on ne peut pas ouvrir cette clé USB avec un système commercialisé. Enfin, je n'en suis pas sûr pour celle-ci, mais le système d'exploitation ML+ est symbolisé par cette croix.
- Tu peux peut-être essayer sur ton ordinateur ?
- Je ne veux pas prendre ce risque.
- S'il te plaît…

Devant les yeux suppliants de la jeune femme, il se résigna et inséra la clé USB dans son ordinateur qui planta instantanément.
- Putain ! grommela Tommy.

Mélina approcha sa tête de la sienne. C'était la première fois qu'elle ressentait une liaison électrique aussi forte avec un homme, elle aurait dû la ressentir depuis longtemps, elle le savait. Elle se mit sur les genoux de Tommy
- Qu'est-ce que tu fais ?
- Ça m'énerve de voir que tu n'as plus confiance en moi.

Elle ouvrit sa braguette, baissa le siège de manière à ce qu'ils soient tous les deux en position allongée et enleva sa veste.
Sous le regard empli de désir de la jeune femme, Tommy rougit un peu. La température de son corps monta. Elle empoigna son pénis déjà en érection et lui fit une fellation. Ils continuèrent à faire l'amour pendant une bonne dizaine de minutes.

19.

Dans la grande mosquée de Paris, le Président de la République et Éva Derniss découvraient l'ampleur du cataclysme.
La police scientifique passait au peigne fin tout le patio, la salle des prières aussi. Le commissaire du Vème arrondissement s'approcha du chef de l'État, il ne l'avait encore jamais rencontré personnellement. Sa présence dans ces lieux l'intriguait.
Il vint lui serrer la main.
- Bonsoir, Monsieur le Président.
- Bonsoir.
- La mort de ces deux hommes remonte à moins d'une heure. Le responsable de la mosquée a été électrocuté avec un taser hyper-puissant.
- Et le rabbin ?
- Tué par balle.
- Ça m'étonne qu'un homme ait un taser et un revolver sur lui, remarqua le Président.
- De nos jours, un revolver peut faire également taser.
- C'est vrai. Quand on devient président de la République, on ne lit plus rien.
- Quant au mobile, le tueur pensait qu'un trésor était caché sous la fontaine, analysa le policier.
- C'est évident. Merci.

La première dame s'approcha, le commissaire se retira plus loin.
- Il y a vraiment des fous sur cette terre. Des incrédules qui croient aux trésors cachés, constata Eva Derniss

Le Président se leva pour se diriger vers les débris de la fontaine. Il recomposa l'étoile de David avec les fragments de carrelage. « Merde », pensa-t-il.

Georges Derniss avait surtout peur pour Billy. Car il connaissait le lien qu'il y avait entre le traitement pour soigner la maladie de l'oubli et ces actes terroristes. Mais ce qui lui faisait peur surtout, c'est que dans cette équation l'antisémitisme qui règne

dans le monde trouvait sa place. Et c'était un sujet trop brûlant. Éva tira le Président pour l'emmener discuter dans un coin de la mosquée à l'abri des oreilles indiscrètes.
- Gigarri vient d'infiltrer le ministère des Affaires étrangères, l'informa-t-elle.
- Qui est-elle vraiment ?
- Une commissaire un peu spéciale, obsédée par les conspirations. Martha m'avait dit qu'elle avait écrit un document pour remettre en cause l'origine de l'introduction de l'AZ-4.

Georges Derniss serra le poing.
- Mais pour qui elle se prend *putain de merde* ?

Cette espèce de cri émis par les cordes vocales fatiguées du Président surprit tous les policiers. On avait l'impression que toute la tension qu'il avait accumulée venait d'imploser…Éva en éprouva comme de la gêne. Puis il se maîtrisa rapidement.
- Calme-toi, lui recommanda la première dame.
- Où est-elle maintenant ?
- Billy n'est pas parvenu à la localiser. Elle est très forte, elle a réussi à désactiver le réseau de caméras de surveillance du quai d'Orsay. Ce sont les enregistrements de la caméra ML+ qui ont permis de l'identifier.
- Merde. Il faut la retrouver.
- C'est du temps de perdu, Georges. Même si elle trouve des preuves, personne n'y croira.
- Les amoureux du complot y croiront. Et chercheront encore.
- Pendant un mois ou deux, répondit Éva Derniss.

Le Président s'angoissait tellement que lorsqu'il respirait, son ventre se creusait au lieu de se gonfler.
- Ce sont des informations graves.
- Je connais leur gravité. Mais dans ce contexte-là, ça ne vaut rien.
- Le traitement « informatique » pour soigner la maladie de l'oubli court un danger, insista le Président. On ne

peut pas laisser Billy.
- Ce sont *ses* expérimentations. On dira qu'on ignorait tout. Il faut protéger notre image, d'autant qu'on ne sait pas vraimment pour qui cet Eddy Alsoufi travaille.
- Le Mossad interviendra.
- Tu crois vraiment que le Mossad va intervenir pour des petits rigolos qui ont cru une vidéo sur Internet. Qu'est-ce que tu veux qu'il fasse de la fille à part la rendre à Billy Emman ?

Le Président hocha la tête.
- Il n'a qu'à s'en démerder, continua Éva Derniss. Il localisera cette Mélina Gigarri lui-même.
- En tant que ministre de l'Intérieur tu ne te sens donc jamais concernée ?

Elle ignora cette pique et continua :
- Si quelque chose arrive, il faut absolument montrer aux gens qu'on s'occupe de nos affaires politiques et non du programme Mona Lisa. Et je me permets de te rappeler que tu as quitté cette conférence sur la biodiversité à New York avec deux jours d'avance. Retournons-y.
- C'est bien la première fois que tu as envie de m'épauler lors d'une telle réunion !
- Je suis la ministre de l'Intérieur. Les gens comprennent très bien que je ne peux pas te suivre partout.
- Non, justement, ils ne le comprennent pas.
- On reviendra après. Partons maintenant.

Le Président de la République se résigna. Il était 1h 00 du matin lorsqu'ils se dirigèrent vers Orly.

20.

00h22

    Les hôpitaux : des lieux maudits pour Eddy. La vidéo de l'attentat de la grande clinique de la capitale israélienne circulait toujours sur YouTube, elle venait de dépasser les deux millions de visionnages.
Les gens raffolent d'images spectaculaires.
Il se rappelait l'instant où il était sorti de sa fourgonnette en blouse blanche dans cette rue de Tel-Aviv. Il promenait avec lui une valise qui contenait de la nitroglycérine, sauf qu'elle ne présentait rien de médical. Cette nitroglycérine, préparée comme un explosif, avait la capacité de détruire des murs en béton dans un rayon de cinquante mètres. De quoi en anéantir des kilomètres ! Et ça avait fonctionné. Le Hezbollah avait une nouvelle fois revendiqué avec fierté l'attaque sur Al Manar, la chaîne de télévision la plus corrompue au monde.
    La réminiscence de ce souvenir se dissipa dans son esprit. Il regardait les employés du SAMU courir à toute vitesse dans le service des urgences, avec le corps blessé de Youri sur le brancard. Il pressentait que le ministère des Affaires étrangères avait été attaqué. Il ouvrit l'application « chaînes de télévision » sur son téléphone portable. Bonne intuition. Le ministère avait subi une attaque informatique qui avait détruit les programmes du système de caméras de surveillance.
    Et s'il n'y avait rien eu dans cette mosquée ? Il devait se rendre à l'évidence. L'État d'Israël avait détruit le livre qu'il recherchait. Peut-être même que cet ouvrage n'était que pure invention ?

    Il lui fallait absolument trouver un moyen d'approcher Mehdi Youri pour en savoir davantage sur la mystérieuse vie de son ex-femme. Il sortit du fourgon pour rejoindre Helga. Elle ne pleurait plus vraiment. Elle avait compris qu'Eddy l'avait kidnappée dans un but précis et elle savait qu'il n'allait pas lui

faire de mal. Même s'il la tuait, elle ne souffrirait pas, elle en était certaine.
- Écoute jeune fille, je vais encore te demander des choses disproportionnées.

Elle baissa la tête. Ce n'était plus comme tout à l'heure. Elle avait soudainement envie de lui obéir. Elle discernait dans ses yeux un profond malaise, comme si on avait déconnecté cet homme de la miséricorde du monde. Et il fallait qu'elle l'aide. La nourrice avait raison, Billy Emman aussi : Helga pouvait basculer à tout moment.

Il sortit une valise dissimulée sous le siège passager de son fourgon et la tendit à la jeune fille.
- Prends cette valise avec toi et dirige-toi vers le deuxième étage de la clinique.

Elle avait l'impression de réentendre sa propre mère qui lui ordonnait d'aller chercher les verres sur la table. *J'ai tué mes propres frères et sœurs.* Cette phrase revenait à présent dans son esprit comme un mantra. Parce que c'était elle qui avait apporté les verres sur la table à la demande de sa mère. Comme un bourreau. Avec cette prise de conscience, quelque chose s'était soudainement transformé en elle. Elle regardait dans le vide sans cligner des yeux. Le seul repère qu'elle avait désormais, c'était Eddy.
- Après avoir déposé cette valise, tu reviens dans ce camion. Quoi qu'il arrive, tu seras protégée.

Elle fit oui de la tête.

Helga sortit du véhicule, se dirigea vers l'entrée de l'hôpital. Elle suivait son chemin avec fermeté sans se laisser distraire par les quelques regards qui la dévisageaient. Tel un robot, elle continua sans problème jusqu'au deuxième étage. Lorsqu'elle posa la valise, une infirmière s'approcha d'elle.
- Qu'est-ce que c'est que ça ? demanda-t-elle.

La jeune fille ne savait quoi répondre.
- Qu'est-ce qui t'arrive jeune fille ? Pourquoi tu as pleuré ? insista l'infirmière, perplexe.

Mentir lui parut la meilleure solution.
- J'ai pleuré parce que ma mère va mourir, répondit Helga.
- Dans quelle chambre est-elle hospitalisée ?

Helga ne répondit pas.
- Elle est dans quelle chambre ta maman ? insista l'infirmière.
- Il faut que j'aille lui chercher à boire en bas.

L'infirmière agrippa le bras de la petite pour la retenir, mais Helga la mordit au poignet. La femme lâcha un long cri de douleur.

Helga passa la porte des escaliers et les dévala à toute vitesse.

L'infirmière scruta ce bagage qui agissait sur elle comme un aimant.

De toute manière, ça ne peut qu'être une valise de vêtements...

Lorsqu'elle l'ouvrit, la bombe explosa.

21.

L'annonce de l'attentat perturba l'organisation des médecins et des employés dans le service des urgences, laissant à Eddy la voie libre pour pénétrer dans la chambre de Youri, un ex-collègue travaillant pour le Hezbollah. Il savait que c'était un agent infiltré au ministère des affaires étrangères, et que c'était certainement lui qui avait conduit Flora Jung à collaborer avec l'organisation antisémite.

Eddy entra dans la chambre. Bien qu'au bord de l'évanouissement, le radar encéphalique de Youri le reconnut instantanément. Il ne pouvait pas s'empêcher de garder sa main sur sa blessure à l'abdomen. Du sang en giclait et sa tension dégringolait de plus en plus.

L'écran indiquait l'augmentation de sa fréquence cardiaque. En conséquence, la machine émettait, à intervalles de deux secondes, une sonnerie tellement stridente qu'on aurait dit un compte à rebours.

- Je vais crever, cria-t-il. Qu'est-ce qui s'est passé ici ?

Eddy lui donna un verre d'eau qu'il recracha aussitôt.
- Qu'est-ce qui s'est passé ? répéta-t-il.
- Rien, répondit Eddy.

Youri se retrouver au bord de la mort parce que lui aussi avait cru qu'un livre, un vrai coran, se cachait quelque part sur le territoire Français. Le patron lui avait affirmé que Flora Jung connaissait l'endroit où il se cachait. *Comment ai-je pu avoir fait preuve de tant de stupidité !* se répétait Eddy depuis le début de la soirée.
- On nous a menti, Eddy. Il y avait une clé numérique dans son coffre-fort. Peut-être qu'elle renfermait des informations sur ce que nous cherchions, mais je n'y crois plus.

Eddy sortit une clé USB de sa poche et la montra à Youri.
- C'était *ce* genre de clé ?
- Oui. Une jeune femme l'a prise.
- Peu importe. Elle ne pourra pas l'ouvrir.
- Elle connaissait le code du coffre fort, lui indiqua-t-il.

Le regard d'Eddy s'assombrit.
- Elle connaissait le code, tu dis ? Ça doit être encore une de ces commissaires hors-la-loi.

Youri toussa tellement fort qu'il crut que la fin était arrivée. Eddy lui redonna de l'eau.
- Qu'est-ce qui s'est passé cet après-midi ? interrogea Eddy.
- Le ministre a imposé une réunion à Jung. Je n'avais pas le droit de la suivre.
- Est-ce que tu les as vus lui donner la clé ?
- Non !
- Je suis pourtant certain que ça ne fait pas longtemps que Flora détenait cette clé. Qu'est-ce qu'elle foutait avec le Hezbollah ? questionna Eddy.
- Qu'est-ce que tu racontes ?
- Le hezbollah utilisé depuis peu le système ML+. Si Flora possédait une clé USB ML+, c'est qu'elle faisait partie de l'organisation. Arrêtes de me mentir !

Il lui serra la gorge.
- Lâche-moi. Je ne comprends rien. Je n'ai jamais mis Flora Jung en collaboration avec le Hezbollah, puisque je suis moi-même l'agent qui les informe de ce qui se passe dans les affaires étrangères.

Eddy resta dubitatif cinq secondes.
- Qu'est-ce qu'il peut y avoir comme information dans cette clé ? demanda Youri.
- Une preuve de trop.
- Elle devait partir pour New York avec ses enfants, reprit Youri, très essoufflé. C'est ce qu'elle m'avait assuré. Apparemment, elle en a décidé autrement. Elle était totalement désorientée après cette réunion.
- Qui assistait à cette réunion ?
- Le ministre des Affaires *étr*angères, le chef du Hezbollah, et le patron.
- *Notre* patron ?
- Oui. Le patron nous a menti depuis le début, et nous sommes tombés dans la supercherie, insista Youri. Mais il faut lui donner la fille, sinon ils te tueront.
- Je suis désolé, mais il faut abréger tes souffrances.

Eddy saisit son revolver semi-automatique et lui tira dessus. La lamentation de la machine à fréquence cardiaque cessa. Puis il recouvrit son corps avec le drap blanc, sortit de la pièce et s'arrêta vers le secrétariat médical.
- Qu'est-ce qui s'est passé ? demanda-t-il.

La secrétaire, totalement déboussolée, répondit :
- Un attentat.

À sa tête, on se rendait tout de suite compte de sa stupeur d'avoir été présente sur le lieu ciblé par un terroriste. Elle en mourrait sûrement si elle savait que ce monstre n'était qu'un enfant, l'enfant de celui qui se tenait devant elle.
- Le monde est fou, le monde est fou, répéta-t-il sur le même ton qu'un vieillard pessimiste pourrait employer. Vous n'auriez pas des bonbons ? demanda Eddy.

- C'est pas possible, c'est pas ta copine ? s'exclama Nicolas.

Tommy esquissa un léger sourire.
- Tout le monde disait qu'il était pédé à l'école.
- On ne dit pas pédé, on dit gay. Et non, je ne suis pas gay.
- Tu couches avec elle ? demanda-t-il sans vergogne.

Oui et c'est plutôt un bon coup.
- Ça suffit Nicolas, coupa-t-il avec un demi-sourire.

Pendant que l'informaticien scrutait la déesse, Tommy jeta un regard circulaire dans toute la pièce, mais il n'identifia pas de PC ML+. Il était pourtant certain que Tommy en possédait un. Il sortit la clé USB de sa poche.
- Tu sais ce que c'est ? interrogea-t-il.

Nicolas s'approcha de la clé USB comme s'il s'agissait du diamant rouge.
- Comment est-ce possible ?

Il en resta béat.
- On a fabriqué seulement une dizaine de clés de ce modèle, raconta-t-il. Pourquoi tu as ce genre de truc dans les mains ?
- C'est une longue histoire, répondit Tommy. Je l'ai insérée dans mon McBook, mais il doit y avoir un ver à l'intérieur, elle l'a rendu inutilisable.
- Tu es vraiment informaticien ? Il y a un ver informatique très puissant à l'intérieur. On ne peut pas ouvrir ça comme ça.

La faute à Mélina.

Nicolas se dirigea vers une penderie. Il sortit un ordinateur portable et le posa sur un bout de table après avoir dégagé d'un coup sec une pile de dossiers. Tommy s'en approcha comme s'il s'agissait de l'origine du monde.

Fetyes brancha la clé USB, l'ordinateur s'éteignit aussitôt.
- Qu'est-ce qui se passe ? demanda Tommy.

Il essaya de le redémarrer. Un message de l'antivirus :
PC infecté par Verml5.

- Merde, un ordinateur à 20 000 euros ! Merci Tommy...
- Tu connais le ver ?
- Oui, c'est un dérivé du ver informatique qui avait été utilisé par Israël et les Américains contre l'Iran dans le cadre du programme Olympics Games.

Tommy se souvenait de cette période de tension. Dans les années 2010, la NSA, en collaboration avec l'unité 8200 d'Israël, avait mit au point un ver informatique capable de reprogrammer des systèmes industriels en Iran. L'attaque visait à briser le programme des centrifugeuses d'enrichissement d'uranium, dans l'espoir de repousser la fabrication d'une arme atomique par l'Iran. En conséquence, il n'y avait rien d'étonnant à ce qu'un dérivé de ce ver informatique vienne détruire un ordinateur comme ce McBook.

- Est-ce que tu en as un autre ? continua Tommy.
- Ta clé USB, tu sais où tu peux te la mettre ! Je n'en ai pas d'autres et même si j'en avais un, il resterait là où il est.

Écœuré par son manque de vigilance, Nicolas partit s'enfiler une canette de bière et fuma une cigarette.

- Merde, lança Mélina.
- Je crois qu'on l'a perdu, constata Tommy.

La jeune femme se dirigea vers Nicolas avec un sourire commercial.

Ramasse ton sourire d'hypocrite, pensa-t-il, tout en contemplant sa poitrine sans gêne.

- Je suis certaine que vous possédez un autre ordinateur ML + et que vous savez comment détruire ce ver informatique avant qu'il ne fasse sauter votre système.
- Donne-moi 40 000 euros et j'exaucerai tes vœux.
- 40 000 ?
- Oui, 20 000 pour le premier, et 20 000 de caution pour l'autre.
- J'ai peur qu'il ne soit trop tard pour aller à la banque.

Ou montre-moi tes nichons.

Il fallait absolument qu'elle trouve un moyen, et, même si elle comprenait très bien qu'un quart d'heure au lit avec ce mec suffirait à le dissuader, c'était trop malsain. Surtout en présence de Tommy. Elle décida alors de toucher sa sensibilité de hacker. Il aimait les secrets les mieux gardés des institutions politiques. Alors, il serait servi.
- Cette clé USB appartenait à Flora Jung.
- Tu déconnes, gonzesse !
- Non, pas du tout. Et elle contient sûrement de croustillants secrets. Je crois que tu aimes bien ça.

J'aimerais surtout que tu me suives à l'étage.

Il hésita un instant. Il avait menti sur le prix des ordinateurs ML+. Il pouvait les acheter à moitié prix chez IBM, et il gagnait le double du salaire de Tommy. Il se résigna donc et attrapa en haut de la penderie un autre PC ML+ sur lequel il installa un antivirus programmé par ses soins avec le même langage de programmation que le ver informatique contenu dans la clé USB.

Ça fonctionne.
- On peut voir les fichiers ? demanda Mélina avec empressement.
- Oui, on va le faire.
- Poussez-vous.

Trop pressée, Mélina prit le contrôle de l'ordinateur et prit connaissance du contenu de la clé USB.

Dans le premier fichier, elle trouva des portraits-robots qu'elle ne reconnut pas.
- Attendez, c'est le symbole des services du renseignement du Hezbollah, fit remarquer Nicolas.
- Mais oui, reprit Tommy, le Hezbollah à Beyrouth.
- Et I.B.M a envoyé des clés ML+ là-bas, continua Tommy.

Mélina réfléchit une minute. Si Flora Jung avait en sa possession une Clé USB de ce genre, c'est qu'elle appartenait à l'organisation antisémite.
- Flora Jung était donc bien un agent des services secrets du Hezbollah... conclut-elle à voix haute.

- C'est à cause de cette pouffiasse qu'ils ont pu s'introduire dans le réseau des Affaires étrangères il y a deux ans, pesta Nicolas.
- On ne parle pas comme ça des morts.
- C'est du lourd, enchaîna Nicolas, excité comme un enfant.

Elle parcourut le document. Le nom de Lisa Gherardhini figea ses membres. C'était l'aboutissement de toute son enquête sur l'AZ-4.
- Lisa Gherardini et Flora Jung ne sont qu'une seule et même personne, constata-t-elle. Si j'avais pu trouver ces documents plus tôt...
- La Joconde est toujours vivante, ironisa l'informaticien.
- C'est en 1970 qu'une certaine Lisa Guerardhini avait financé ce laboratoire berlinois, rappela Tommy, c'est ce que tu m'avais raconté, non ? En 1970, Flora Jung n'était pas née. Alors, ça ne vaut rien !
- Cette identité a pu se transmettre.
- Une tête de conspirationniste a toujours réponse à tout, envoya Tommy.

Une nouvelle fois, Mélina ne prit pas en considération la prudence de Tommy et rétorqua :
- On a aussi la preuve que les Témoins de Jéhovah financent l'antisémitisme – puisqu'ils ont transféré de l'argent avec un compte en banque portant ce nom de Guerardhini - et qu'ils ont donc aidé à la mise en place d'un génocide sur le territoire français.
- Ce sont des informations à vérifier Mélina, continua Tommy qui avait l'impression d'incarner la voix de la sagesse.
- Elle est comment au lit, plutôt du genre dominatrice ? glissa Nicolas à voix basse.
- Ta gueule, coupa t-il d'un même timbre de voix.

Mélina prit le bras de Tommy pour l'attirer plus loin.
- Ah bon, vous me rejetez maintenant ? constata Nicolas.

J'ai juste servi d'agent alors.
- Non, mais l'histoire est compliquée, lui lança-t-elle.
- Donc les Témoins de Jéhovah financent la pension Résali, qui finance le Hezbollah. Et Flora Jung, sous le nom de Lisa Gherardinhi ne sert que d'intermédiaire.
- Et le Hezbollah finance Ziel security, souligna Nicolas qui écoutait la conversation.

Ziel Security était l'usine qui fabriquait des implants pour la clinique du docteur Billy Emman dans ses deux uniques usines dont l'une était implantée à Munich. Au même titre que la clinique, ces usines furent le théâtre de nombreux attentats par des religieux qui refusaient le traitement.

Ils s'approchèrent une nouvelle fois de l'écran pour vérifier les dires de l'ingénieur.

- Le monde arabe finance donc la création des implants... conclut-elle, sidérée.
- Ce qui lui ferait gagner un bon point dans l'opinion publique, professa Nicolas.

Pour Mélina, le fait que le Hezbollah finance la fabrication de ses implants ne pressentait rien de bon. Peut-être qu'il y avait un trafic avec ça. Elle se remémorait le fait que la petite Helga avait résisté à l'AZ-4, et c'était peut-être grâce à son implant ? Il fallait absolument qu'elle en sache davantage.

Tommy fixait l'écran. Il s'arrêta sur le portrait-robot d'une jeune femme.

- Je crois que je la reconnais, signala Tommy. Qui est-ce ?
- Elle apparaissait dans un documentaire. J'en suis presque certain.
- C'était quoi ?
- Elle revendiquait le djihad comme un devoir religieux. Elle lui ressemble vraiment. Et aujourd'hui elle figure sur la liste des personnes recherchées par le Hezbollah. Ça signifie qu'elle est en France.
- C'est intéressant, pressentit Mélina. Il faudrait la retrouver.

- Regarde y'a même une adresse…
- C'est l'adresse d'une boîte de nuit, constata Nicolas.

Mélina remercia mille fois l'informaticien pour ses services et prit le temps de boire une canette de coca avec lui, avant de se diriger vers le night-club.

23.

Les souvenirs ne sont que de simples fichiers vidéo qu'il faut savoir classer. Ne jamais laisser un fichier de ce genre vagabonder. Toujours le cataloguer dans le bon dossier : souvenir indésirable ou souvenir bienfaisant. Une fois classé, on sait où il est. On l'ouvre si désir nous prend. Mais s'il n'est pas classé, c'est un obstacle pour le cerveau. On marche avec ce souvenir. Et les souvenirs, c'est le passé. Et marcher avec le passé, c'est comme marcher en arrière. On ne voit jamais où l'on va.

Billy l'avait bien compris.

Il se rappelait la mort de ses parents dans le drugstore à New York. Pendant plus de vingt ans, ce souvenir n'était jamais vraiment réapparu dans la tête du scientifique. Il avait su le classer dans le dossier des souvenirs indésirables ! Un type avait fait irruption vers l'accueil et avait exigé l'intégralité de l'argent liquide. La caissière tremblait tellement qu'elle perdit tous ses moyens. Billy se figea de peur lorsque l'imposant personnage tira un coup en l'air. Quand il vit le petit, il braqua son revolver sur sa tempe dans l'espoir de faire accélérer la caissière, mais son père s'interposa. Le terroriste abattit les deux adultes. Pendant cinq jours, le petit garçon allait vivre l'enfer.

Billy revenait doucement au présent. Cet horrible traumatisme dans l'enfance ne l'avait pas empêché de continuer dans la voie de la médecine. Ses parents seraient fiers de lui maintenant. C'était le scientifique le plus adulé de la planète. Mais aussi le plus fou.

À 1h10 du matin, Emman entra dans l'une des chambres de son énorme clinique et s'approcha d'un patient de dix ans qui attendait l'implantation.

Il fera un merveilleux cobaye.
- Pourquoi je me fais opérer la nuit ? demanda l'enfant.
- Parce que c'est toujours la nuit, répondit le professeur.

Certes il avait menti, mais il n'avait pas voulu laisser la question sans réponse.
- Est-ce qu'on sent quelque chose ?
- Non, tu seras endormi pendant l'opération.

En fait, tu seras endormi pour l'éternité mon pauvre garçon.

Sûrement en raison de l'épisode meurtrier de ses dix ans, Billy Emman détestait les enfants.
- Tes parents sont venus te voir aujourd'hui ?
- Non, ils travaillent.

Non, ils se fichent pas mal de toi.

Emman avait remarqué l'attitude des parents du garçon lors des visites. Des gens moyens qui travaillaient beaucoup pour survivre dans un monde où vivre n'existe plus. Et l'opération de leur fils, pour prévenir de la maladie de l'oubli, ne les arrangeait pas du tout. Ils avaient emprunté pour pouvoir la payer. La mort du petit garçon leur aurait certainement coûté moins cher.

Le docteur Emman fit passer un électrocardiogramme à l'enfant, suivi d'une analyse ophtalmologique et d'une IRM. Apparemment, il avait trouvé là un objet d'expérimentation en excellente santé.

Billy emmena le garçon dans la pièce où le singe était enfermé. Le bambin ne savait pas s'il ressentait de la peur face à l'animal poilu, ou de la joie de pouvoir en approcher un pour de vrai, il n'en avait vu qu'en photo.
- Est-ce qu'il est méchant ?
- Pas du tout.
- Pourquoi il est enfermé ?
- Parce qu'il est malade.
- Les animaux peuvent être malades ?
- Mais l'homme est un animal, avec une conscience. Lui, il n'a pas de conscience.
- C'est quoi une conscience ?

Billy sourit. Qu'un enfant ne sache pas que l'espèce humaine appartient à une lignée qui a su créer les relations sociales les plus complexes du règne animal, c'est acceptable. Mais il y a tellement d'individus qui ne prennent pas conscience que l'être humain n'est qu'un animal parmi les autres. Avec une conscience. Sans cette conscience, l'informatique n'existerait pas.

En fait, rien n'existerait, *mon garçon*.

Il s'approcha du singe. Le docteur ouvrit la cage, le bambin recula d'un pas.

– Pas besoin d'avoir peur. Regarde, il est comme toi.

Il s'approcha de lui. Le singe lui tendit sa main. L'enfant l'imita.

– Oui, il est comme moi.

Billy était écœuré par le bonheur du garçon. Il remit le singe dans la cage, ferma à double tour et posa l'enfant sur une chaise médicale. À sa grande satisfaction, le cobaye avait désormais entièrement confiance en son bourreau.

Emman lui fit une piqûre qui l'endormit instantanément.

24.

2h 15 du matin : Tommy stationna sa voiture à quelques mètres de l'entrée de la boîte de nuit la plus fréquentée de Paris. Mélina avait fait ses premiers pas dans ce genre de cellule à l'âge de seize ans. Elle y avait fait énormément de rencontres d'un soir, et il lui arrivait parfois de récidiver.

Tommy était désormais bien remis du moment où elle l'avait froidement menacé avec son revolver. Elle lui avait certes donné son corps, mais elle ressentait quelque chose de plus complexe entre eux. En fait, elle comprit que Tommy l'aimait depuis l'enfance. Il ne lui avait jamais fait d'avance pour la simple raison qu'il craignait de perdre la connexion si forte qu'ils avaient su construire ensemble.

Nicolas avait eu la bonté de prêter son ML+ à Mélina. C'était hallucinant comme cet ordinateur tapait à l'œil, et son écran éblouissait.

- Il aurait dû te passer des lunettes, regretta Tommy. Une journée entière à regarder ce genre d'écran et ta rétine en prend un coup aussi violent que dans une cabine à UV.

En plus de la luminosité, sa rapidité révolutionnaire avait de quoi surprendre un utilisateur lambda qui n'en aurait pas eu l'habitude.

- Récapitulons. Flora Jung est un agent des services secrets du Hezbollah.
- C'est pour cette raison qu'elle est antisémite, continua Tommy.
- Et ce soir, elle a trouvé une information qui remettait en cause les fondements de ce parti antisémite qu'est le Hezbollah.
- Quoi ?
- C'est ce que le vieux m'a dit. Magda Goebbels idolâtrait le nazisme. Et elle a certainement déterré une information qui le remettait en cause. Flora est son imitation parfaite, donc c'est pour la même raison qu'elle a commis les

infanticides. Il faut trouver cette raison.
- Je ne te suis plus.
- Ce n'est pas grave. Il faut interroger cette fille et c'est toi qui vas le faire.
- Moi ? s'étonna-t-il. Mais qu'est-ce que je dois lui demander ?
- Rien du tout. Elle va certainement t'amener dans l'hôtel à côté à la chambre 205. 2ème étage. C'est écrit dans le fichier.

Mélina lui tendit une seringue de sédatif.
- Tu vérifies bien qu'elle présente une cicatrice sur le cou. Sa biographie notée dans le fichier l'indique. Une fois dans l'hôtel, tu l'endors avec ça... (elle brandit la seringue). C'est compris ?

Il hocha la tête sans enthousiasme.
- Et tu m'appelles quand c'est bon. Moi je reste là pour l'instant.

Tommy sortit nonchalamment de la voiture, rejoignit l'entrée de la boîte de nuit, paya son ticket et entra. Il se demandait comment la musique pouvait pousser tous ces gens dans une telle euphorie, et il se félicita de n'avoir jamais participé à cette hystérie collective. La jeune fille qu'il recherchait pouvait se trouver partout et il avait l'impression de ne même plus savoir à quoi elle ressemblait. Les informations se mélangeaient dans sa tête.

« Et si c'était faux ? Si on avait placé volontairement cette clé USB dans le coffre de Flora Jung pour l'accuser, post mortem, de participer au terrorisme *?* » se demanda-t-il.

Mais il fallait qu'il continue. Ça faisait plaisir à Mélina et une certitude : une mère ne peut pas tuer une ribambelle de gamins sans raison. En plus, il en restait un dans la nature.

Il se dirigea vers le bar, commanda un whisky, paya la note instantanément.
- Vous pouvez garder la monnaie.
- Merci Monsieur, fit le barman.

- Dites-moi, s'il vous plaît. Connaissez-vous une fille du nom de Sheila ?
- Des Sheila y'en a plein ici, s'amusa-t-il.
- La Sheila dont je parle est un peu particulière.
- Particulière ?
- C'est-à-dire qu'elle a comme une cicatrice sur le cou.
- Ah, oui ?

Il sourit un peu avant de reprendre.
- En effet, elle est particulière. Vous la trouverez en bas de ces marches.

Le barman pointa du doigt l'escalier.
- Merci, termina Tommy.

Tommy s'exécuta. En bas, à droite, il tomba sur deux femmes qui s'embrassaient à pleine bouche. Peu habitué à ce genre de pratiques, il ne comprit pas tout de suite quel genre de femme était Sheila.
- Bonjour, Mesdemoiselles, euh... bonsoir.
- Les pédés, c'est l'escalier d'en face, gouailla crûment la brune.
- Je ne suis pas gay.

Médusé par le langage de ces beautés, Tommy ne cessait de les dévisager.
- Tu n'as aucune chance avec nous, on n'aime pas les hommes, le prévinrent-elles en chœur.
- Je recherche une fille... (court silence) pas pour la baiser...

Tommy ne revenait pas de ses propres mots.
- Un règlement de compte ? Pas ici non plus, rétorqua la blonde.
- Ce n'est pas pour un règlement de compte. C'est juste pour lui parler.
- On nous l'a déjà fait cent fois. Appelle un bon chirurgien, enlève ta queue entre les jambes et transforme-la en moule, ironisa la blonde.
- Je croyais que les femmes détestaient qu'on appelle leur

vagin une moule…
- T'as compris ce que je t'ai dit ? Une fois l'opération terminée, reviens et tu pourras peut-être parler à Sheila.
- Sheila est lesbienne ? s'étonna Tommy.
- Oh, comme il est intelligent !

Tommy sortit de ce club tout déconfit. Il se dirigea vers la voiture, ouvrit la portière et saisit le paquet de cigarettes dans la boîte à gants.

Mélina le dévisagea.

Il en alluma une.
- Alors, qu'est-ce qu'il y a ?
- Je déteste les boîtes de nuit.
- Retournes-y, ordonna Mélina.
- C'est impossible. Tu ne comprends pas ? Y'a des gens hyper bizarres là-dedans !
- Qu'est-ce qui s'est passé ?
- J'ai d'abord bu un verre, puis on m'a envoyé chez les lesbiennes qui m'ont fait barrage.

Mélina pouffa de rire. Elle sortit de la voiture, mais Tommy lui retint le bras.
- Tu ne vas quand même pas coucher avec tout le monde !
- C'est juste pour en savoir plus sur cette fille. On se retrouve dans sa chambre d'hôtel.
- Et comment je fais pour y aller ?
- Débrouille-toi un peu.

Mélina sortit du bolide.

En bas des escaliers, les deux femmes faisaient toujours le guet.
- Bonsoir, commença Mélina.

À la vision de cette superbe nymphe, leurs yeux noirs perçants s'illuminèrent.
- On peut faire ça à trois si tu veux, suggéra la brune.
- Je recherche Sheila.
- L'opération a été rapide, ironisèrent-elles.
- En plus, elle a bien réussi, approuva la deuxième.

Mélina s'imaginait le visage ébahi de Tommy confronté à la

vulgarité de ces deux filles.
- Je recherche Sheila, insista-t-elle.
- Qu'est-ce que vous lui voulez à cette Sheila ? reprit la brune le plus sérieusement du monde.
- Rien de mal.

Les deux femmes vérifièrent que Mélina ne portait pas d'arme sur elle.
- Allez ma chérie, tu peux passer. Fais gaffe, elle est d'une humeur massacrante aujourd'hui.

Les deux filles laissèrent échapper un rire machiavélique de leurs bouches. Mélina pénétra dans les entrailles de ce sous-sol. Plus elle s'enfonçait, plus le silence de l'enfer augmentait.

Elle trouva Sheila dans une loge qui ressemblait à un genre de pièce pour artiste, en réalité une espèce de chambre hyper glauque pour fanatiques du sexe.

Sheila se regardait dans le miroir en fumant. Elle avait très bien senti la présence de Mélina, mais elle faisait semblant de ne pas la remarquer. Mélina l'observa pendant quelques minutes avant qu'elle ne se décide à prononcer un mot. Sheila se retourna. On avait l'impression que toute la peine du monde s'était répandue dans son regard noir.
- Qu'est-ce que tu veux ?

25.

1H 48

    Billy Emman venait de terminer l'implantation avec succès. Il l'avait réalisée tellement de fois qu'il aurait pu le faire les yeux fermés. Percer le crâne d'un Homo Sapiens et y placer un dispositif électronique l'avait toujours amusé. L'avait, oui. À présent, le jeu du grand scientifique s'était transformé en cauchemar.
    Pour la première fois de sa vie, cette intervention chirurgicale l'avait épuisé. La fréquence cardiaque de l'enfant atteignait 130 et continuait d'augmenter. Le professeur se dirigea vers son ordinateur ML+ afin de réécrire le programme informatique de l'implant destiné à guérir la maladie de l'oubli. Comme le code source mémorisé dans l'implant de la fille venait de disparaître, il fallait le réécrire et le réintroduire dans celui d'un patient afin de le protéger, puis corriger les failles à partir de ce code source.
    La grammaire du langage de programmation ML+ devait être tenue secrète. Et comme le système informatique de la clinique était quotidiennement la cible de hackers, le mémoriser dans un simple ordinateur s'avérait trop dangereux. Or, il s'agissait d'un exercice bien au-delà des compétences de Monsieur Emman. Le scientifique milliardaire avait menti, il n'était pas à l'origine du traitement informatique soignant la maladie. Il avait froidement tué le docteur Shumarer, seul inventeur du traitement, en lui injectant une dose mortelle d'AZ-4, la veille du jour où il allait présenter son invention à l'Organisation mondiale de la Santé.
    Tout ça pour devenir le scientifique le plus populaire et le plus riche du monde ! Shumarer qui avait écrit le langage de programmation ML+, était le seul à avoir compris les moindres

spécificités du système nerveux, et avait trouvé, pour la première fois, un traitement qui correspondait parfaitement à l'humain.

Mais l'heure n'était plus aux regrets. Ce soir, le réseau Mona Lisa allait courir tous les dangers.

Les mains du scientifique tremblaient devant le clavier de l'ordinateur. Il essaya de réécrire le code source en langage de programmation ML+ qu'il ne maîtrisait absolument pas. Après avoir terminé, il l'intégra à la mémoire de l'implant. Les signaux électriques naturels du cerveau l'avaient bien fait fonctionner, mais l'enfant convulsa au bout de quelques minutes.

Monsieur Emman s'était trompé. Il avait oublié que pour écrire un tel programme, il fallait des années de travail acharné et être un artiste, un fou, peut-être un nazi. Emman avait trop privilégié son image. Or, le scientifique Shumarer lui, n'accordait pas beaucoup d'importance à la célébrité. Il ne s'était jamais montré en public. Il ne poursuivait qu'un seul but : soigner des gens.

Il faut absolument retrouver cette fille.

Il se jeta de nouveau sur le clavier, en vain. Ses manipulations venaient de provoquer beaucoup plus de mal que de bien. Le cerveau de l'enfant était carbonisé.

Il faut absolument retrouver cette fille, se répéta-t-il.

Monsieur Emman empoigna son téléphone. Première chose à faire : éliminer Mélina.

26.

À quelques kilomètres de la grande clinique, Mélina venait de réussir là où Tommy avait échoué. Elle avait promis à Sheila de la consoler toute la nuit dans ses bras et lui avait affirmé qu'elle était la plus belle femme du monde. Sheila manquait tellement de ça qu'elle n'avait pas pu résister. De toute manière, elle préférait les femmes aux hommes, ils lui en avaient tellement fait voir ! Elle avait été violée par trois fois lors d'une mission secrète pour le Hezbollah, de quoi faire basculer n'importe quel mental. En fait, même avec une femme elle ne ressentait rien, mais il fallait bien qu'elle touche de la chair humaine de temps à temps.

Elles se dirigèrent vers la porte de la chambre 107 à 2h 36. Sheila n'était pas le genre de fille à se laisser faire, lui délier la langue ne serait pas chose aisée. Mélina le sentait bien.

Tommy était déjà à l'intérieur. Il s'était arrangé pour subtiliser la clé sur le comptoir. À partir d'une certaine heure, dans cet hôtel assez modeste, il n'y avait plus personne à la réception.

Dans la chambre, Sheila posa sa veste et commença à se déshabiller. Mélina lui adressa un faux sourire. Tommy observait consciencieusement la scène derrière les portes à barreaux en bois de la penderie, sans ignorer la jalousie qui commençait à l'envahir.

Elle ne va quand même pas coucher avec elle !

Tant qu'elle n'avait pas immobilisé la fille, il ne pouvait pas intervenir.

Mélina, de plus en plus nerveuse, regardait le corps de cette jeune femme avec une répugnance évidente. Il fallait maintenant qu'elle se déshabille également, ce qui ne lui plaisait pas du tout.

Alors qu'elle s'apprêtait à lui tendre la main, un bruit se fit entendre. Tommy venait de faire tomber un cintre. Sheila sentait qu'il y avait un fichier malveillant dans cette chambre. Elle se remit debout et s'approcha de la penderie.

Putain Tommy, tu n'aurais pas pu faire attention ? Tommy posa sa main devant sa bouche pour atténuer le bruit de sa respiration. Sheila avait l'air bien déterminée à ouvrir le placard, et Mélina avait oublié sa dernière seringue de sédatif dans la Mitsubishi.
- Je pense que le bruit vient de la salle de bain, fit Mélina.
- Non, il vient d'ici, trancha fermement Sheila.

Mélina regarda autour d'elle. Seule solution : le vase. Sheila ouvrit le placard, sortit violemment Tommy avant que Mélina ne lui brise l'objet sur la tête.

Sheila émergea difficilement de son sommeil forcé. Elle en ressentait encore la douleur sur la nuque. Elle remercia le ciel d'être encore là. Après tout, elle aimait la vie. Elle savait mieux que quiconque que la difficulté permettait d'apprécier la véritable valeur du bonheur. En plus de la douleur, elle avait aussi connu l'humiliation, l'abandon, et la manipulation. Le Hezbollah lui avait tant donné spirituellement, mais humainement, elle lui avait tout laissé …

Mélina aspergea d'eau le visage de Sheila pour la réveiller plus rapidement. Rester trop longtemps avec une fille activement recherchée par le Hezbollah pouvait devenir dangereux, pensa-t-elle. Alors il fallait se dépêcher.
- Qu'est-ce que vous voulez ? demanda la prisonnière.

Mélina sortit le PC ML+ et montra le fichier où il avait découvert le portrait-robot de la jeune femme.
- C'est toi sur cette photo !

Comment ont-ils pu avoir accès aux fichiers confidentiels du Hezbollah ? En plus de sa surprise, elle venait d'avoir la preuve qu'elle faisait partie de la liste noire de l'organisation la plus antisémite du monde. *À moins qu'il ne s'agisse d'un faux document...*
- Tu es passée dans un documentaire télévisé, reprit Tommy.
- C'était il y a bien longtemps, se rappela la jeune femme d'une voix frêle.

- Tu faisais donc partie du Hezbollah, et maintenant il réclame son élève. Pourquoi ? Questionna Mélina d'un timbre de voix qui ne laissait aucune place à l'empathie.
- Je ne sais pas ce que je fous dans ce fichier, mais ça m'étonnerait bien que le Hezbollah me recherche. Leur service de renseignements me prenait pour une bonne à rien.
- Flora Jung, ça te dit quelque chose ? continua Gigarri.
- La secrétaire générale aux Affaires étrangères ?
- Elle a tué ses enfants pour le Hezbollah.
- J'ai vu ça à la télévision, il y a environ une heure. Pour le Hezbollah ? ricana Sheila.
- Qu'est-ce qui te fait rire ? demanda Mélina d'un ton méprisable.
- Comme tu as vu une photo truquée sur Internet avec Flora Jung et le chef du Hezbollah, alors forcément, tu penses que Jung était antisémite.
- Flora Jung était antisémite. Son mode de vie le prouvait. Pourquoi dis-tu qu'il s'agit d'une photo truquée ?

Elle esquiva volontairement la question et dit :
- Tout ce que faisait Flora Jung, c'était de transférer de l'argent entre New York, la France et le Liban pour fabriquer ces implants. Elle voulait que le monde arabe puisse se prévenir de la maladie de l'oubli, comme en Occident, raconta la jeune femme retenue sur la chaise.
- Je n'y crois pas, s'énerva Mélina. C'était une espionne à la solde du Hezbollah, répéta-t-elle deux fois, comme une machine entêtée.

Sheila pouffa de rire.
- Tu as beaucoup d'imagination, Beauté. Si tu continues sur ta lancée ma belle, tu risques de découvrir des choses qui vont te dépasser.
- Les mêmes choses qui ont conduit Flora Jung à l'infanticide ?

Elle ne comprend vraiment rien, pensa Sheila.

- Tu n'es qu'un pion, on joue avec toi, alors je vais m'amuser aussi.

Mélina n'avait pas capté le moindre mot de cette dernière phrase. Elle la frappa.
- Dis-moi la vérité, hurla-t-elle.

Sheila voulut jouer la provocation et lança :
- Quelle vérité, celle que tu veux entendre ou celle que tu ne veux pas entendre ?
- J'ai un seul but dans cette histoire, savoir pourquoi une femme d'affaires a tué cinq enfants.

Non, ton seul but c'est d'alimenter ta conspiration. Alors je vais t'aider ma belle.
- Je suis partie pour le djihad il y a environ cinq ans, grâce à la pension Résali.

Bingo, pensa Mélina. *Je le savais.*
- J'ai fait le djihad pour le Hezbollah, et non pour l'État islamique. Pour une musulmane, c'est l'aboutissement d'un long processus de paix.
- Épargne-moi ton baratin, l'interrompit Mélina.
- Laisse-la parler, ordonna Tommy, qui, à son corps défendant, se captivait de plus en plus pour l'histoire.
- Après plusieurs mois, le Hezbollah nous a fait passer des tests. Nous pouvions monter en grade s'ils nous estimaient assez robustes et *antisémites*.
- Quel genre de tests ? demanda Tommy avant Mélina.
- Exemple : on nous conduit dans une fausse salle d'interrogatoire. Le but est de résister à tout. Il faut ignorer ce que l'adversaire est en train de dire. Faire semblant de ne pas comprendre. Il faut tenir jusqu'à la fin. Ils m'ont battue. Rouée de coups. Ça n'en finissait pas. Mais vous comprenez bien que si vous obligez votre ennemi à vous frapper, c'est que vous l'avez déjà vaincu.

Cette provocation énervait beaucoup Gigarri. Même si elle l'avait frappé, elle ne se sentait pas vaincu pour autant et continua à questionner :

- Qu'est-ce que tu veux dire par monter en grade ?
- Je suis devenue une espionne pour le service de renseignements du Hezbbollah. Comme je viens de te le dire : une mauvaise espionne.
- Et Flora Jung alors ?
- Puisque tu veux t'acharner à croire que c'est une espionne, il faut que je t'avertisse que les espions ne se connaissent pas entre eux. Voilà.

Apparemment, cette réponse suffit à Mélina, elle enchaîna :
- Pourquoi tu as fui le Hezbollah ?
- Parce qu'une rumeur sur le plus grand réseau du monde affirmait que le Coran officiel avait été écrit par des rabbins. Et qu'il en existait un autre.
- Et alors ?
- Et alors ? s'exclama-t-elle. Le monde musulman se retrouverait dans une crise sans précédent si cette thèse était vérifiée. Et le Hezbollah n'aura plus de raison d'exister.
- Et tu l'as cru ?
- Un tout petit mot sur la religion a tendance à échauffer les esprits. Je l'ai cru, comme beaucoup de monde. Je l'ai cru parce que ceux qui étaient autour de moi le croyaient. Parce que ma famille le croyait. Et quand on est un enfant immature comme moi, on croit ce que croient nos parents, mais j'ai très vite compris qu'il ne s'agissait que d'une conspiration visant à détruire notre belle religion. Les auteurs de ces cochonneries avançaient même l'idée que le véritable Coran se trouvait entre les murs de la mosquée de Paris. Balivernes.
- Désormais, le Hezbollah te recherche pour te tuer…

Sheila hocha la tête.
- Et Magda Goebbels ?
- Pourquoi vous me parlez de ça ?
- Réponds-moi !
- Toutes les musulmanes devraient être fan de Magda

Goebbels. C'est une héroïne pour eux.
- Quel est le lien exact entre toutes ces organisations antisémites et le traitement informatique pour soigner la maladie de l'oubli ?
- Oh, il y en a un, mais je ne suis pas certaine que tu serais prête à le comprendre. La connaissance du lien qu'il existe entre les deux pourrait faire basculer ces pauvres humains dans une sorte de « dépression collective. »

Sheila ricana.

Son téléphone portable sonna. Les yeux de Tommy et Mélina se figèrent sur l'écran. Elle libéra la main droite de la jeune fille pour qu'elle puisse répondre. Sans savoir pourquoi, Tommy prit le bras de son amie pour laisser une distance entre Sheila et elle. Sheila répondit. Le téléphone contenait un explosif. Les débris de la cervelle de la jeune femme se répandirent sur le mur. Mélina fut projetée à terre.

- Il faut dégager le plus vite possible.

Tommy entrouvrit la porte, il remarqua un flic qui se dirigeait dans leur direction. Ils retournèrent alors dans la chambre et s'enfermèrent.

- C'est le GIPN, informa-t-il.
- Merde !
- Nous sommes donc recherchés, *Mélina*, analysa Tommy.
- Pourquoi serions-nous recherchés ?
- Parce que je te rappelle que tu viens d'introduire le ministère de l'Intérieur, gueula Tommy.

Elle lui saisit le bras et le serra tellement fort qu'il eut l'impression d'entendre ses os craquer.

- Jure-moi que tu as bien désactivé toutes les caméras de surveillance.
- *Je te le jure*, répondit sèchement Tommy, mais c'était tellement précipité... Certaines caméras de surveillance, mises au point par IBM, sont tellement chères que même Rotschild ne pourrait pas se les offrir. Il y en avait peut-être une au sein du ministère ? Sur ce genre de matériel,

le ver informatique que j'ai lancé aurait eu pour effet de détériorer l'image. Mais avec des algorithmes de reconnaissance faciale, ils ont très bien pu te reconnaître. Elle lui lâcha le bras, il poussa un gémissement de soulagement. On frappa à la porte.
- Pas si vite. Attendons de savoir ce qu'ils nous veulent, proposa Mélina.
- Ouvrez cette porte, cria un homme d'une voix grave.
- Ce n'est pas du tout le G.I.P.N, s'exclama Mélina. *J'en suis sûre.* Il est seul. Les autres n'interviendront que s'il échoue à nous tuer.

Mélina prit l'extincteur.
- Ouvre la porte, ordonna-t-elle à Tommy.

Il commençait à trembler.
- Qu'est-ce que tu vas faire ?
- Il faut que nous sortions d'ici. Magne toi !

Tommy s'exécuta. La fumée de l'extincteur immobilisa l'homme. Ils sortirent de la chambre, mais quatre individus déboulèrent dans le couloir. Elle braqua l'arme vers eux.
- Qui êtes-vous ? s'énerva Mélina.
- Par où comptez-vous partir ? demanda celui qui devait être le chef du groupe. Il n'y a pas d'issue.

Ils empruntèrent la porte de service. Après l'avoir passé, Tommy fit tomber deux matelas devant dans l'espoir de la bloquer quelques minutes. Mélina appela l'ascenseur réservé au service , il les transporta dans un couloir où une autre bande de lascars les attendaient.

Ils le traversèrent en renversant toutes les étagères sur leur passage. Beaucoup des malfrats chutèrent, mais l'un d'eux parvint à se jeter sur Tommy et le plaquer au sol. Il poussa un cri de détresse et de douleurs mêlées. Sûrement une côte de casser. Mélina n'hésita pas à tirer dans la tête de l'intrus. Des débris de cervelle giclèrent sur les collègues qui le suivaient. Les deux fuyards continuèrent à courir jusqu'à la Mitsubishi.

Le plan de Billy Emman pour éliminer Mélina avait échoué.

27.

1H 48

Eddy s'arrêta 11 rue Neuvaine à Aubervilliers. La nourrice espagnole habitait une maison de plain-pied. C'était une femme qui n'avait pas de mari et pas d'enfant. Elle avait consacré toute sa vie à la famille Jung.

Il était tard, mais Eddy entrevoyait encore de la lumière à travers la porte-fenêtre du salon. Elle devait sûrement encore regarder en boucle l'album photo des enfants et les informations télévisées sur BFMTV.

Eddy sortit Helga du fourgon. On aurait dit que la petite avait subi un lavage de cerveau tellement elle se montrait docile, tellement elle marchait d'un pas certain. La petite reconnut très vite la demeure de la nourrice. Ils s'approchèrent de la porte d'entrée ; Pénélope avait déjà ouvert comme si elle les attendait. Elle aurait cru que la gamine allait se jeter dans ses bras. Mais ce soir, ce n'était plus Helga qui se tenait devant elle. C'était une sorte d'enfant-soldat qui venait de provoquer la mort d'une infirmière de l'hôpital Beauveau. L'innocence de l'enfance avait disparu à jamais de ses entrailles, pour laisser place au démon.

Ils pénétrèrent dans la maison, Helga s'assit sur le canapé.
- Bonsoir Pénélope.
- Bonsoir Eddy.

Elle tomba en sanglots par terre.
- Lève-toi, ordonna-t-il.
- Qu'est-ce que tu as fait à cette gamine ? demanda-t-elle.
- Je n'ai rien fait.
- Tu veux quelque chose à boire Helga ?
- Non Madame, laissez-moi tranquille.

Les paroles de l'enfant glacèrent le sang de l'Espagnole. Eddy prit une canette de bière dans le frigo. Pénélope avait croisé ses mains et le regarda fermement comme quelqu'un qui attendait des explications.
- Ce n'est pas la peine de me regarder comme ça.
- Si tu n'avais pas abandonné Flora pour le Hezbollah, rien de tout cela ne serait arrivé.
- Ce n'est pas moi qui lui ai fait cinq autres enfants ! protesta-t-il.
- Mais *elle,* c'est ta fille. Et il faut la protéger.
- Y'a plus rien qui pourra la protéger. Elle a tué.

Son visage se tourna vers l'enfant.

Elle a tué, se répéta t-elle. Même si cela relevait de quelque chose de fictionnel, elle le croyait sur parole. Cette petite qu'elle avait aimé comme sa propre fille avait tué. Elle était la responsable de la mort d'une infirmière et d'une dizaine d'autres blessés causé par l'explosif de la valise.
- T'es vraiment qu'un pauvre type !

Un pauvre type, oui, j'ai toujours été un pauvre type.
- Flora m'a appelée cet après-midi. Elle m'a demandé d'arriver un peu plus tard, vers 20h 30. Ils étaient déjà tous morts. Elle semblait nerveuse au téléphone. Pourquoi ?
- Je n'en sais rien.
- Tu mens.
- Je ne mens pas.

Dix secondes de silence.
- Comment se fait-il qu'aucun avis de recherche n'ait été lancé pour cette enfant ?
- Parce qu'ils veulent la retrouver saine et sauve. Son implant pourrait déclencher un nouveau génocide demain. Et pas 15 000 personnes cette fois-ci.

L'annonce d'un nouveau génocide aurait dû terroriser Pénélope, mais le cerveau de l'humain associe ce genre d'événement trop spectaculaire à de la fiction. Alors, elle ne réagit pas.
- Comment ils étaient les flics ? questionna-t-il.

- Elle m'a posé plein de questions sur l'islam. Sur le nazisme. Elle a même mentionné les Témoins de Jéhovah. Elle pense qu'il y a une corrélation avec une bonne femme du siècle dernier, Magda Goebbels.
- Cette commissaire doit encore être en train de faire des recherches. *Merde !* Si elle retrouve le document historique qui explique pourquoi Goebbels a tué ses enfants, alors elle comprendra pourquoi Flora a tué les siens. Mais je ne suis pas sûr de l'authenticité de ce document. J'éprouve vraiment des doutes ce soir.
- Il est où ce document ?
- Si ce document existe, il doit sûrement se trouver dans une bibliothèque. Mais on m'a déjà tellement menti...
- Pourquoi as-tu abandonné le Hezbollah ?
- J'ai été stupide. J'ai cru que c'était vrai. Que l'islam n'était qu'une création fictive.
- Explique-toi.

Il avala une grosse gorgée de bière avant de continuer.
- Il n'y rien à expliquer. Je suis tombé dans le panneau de la conspiration. Flora aussi. Elle croyait en l'islam. Comme Magda croyait au nazisme. Et quelque chose est venu remettre en cause tout ça.
- Les bibles ne sont que des tissus de conneries, lança crûment Pénélope.

Le visage d'Eddy s'assombrit.
- Ce n'est pas un tissu de conneries. C'est la parole de Dieu, et on a voulu la dénaturer. N'essaye pas de comprendre.

Il jeta la bière dans la poubelle sans l'avoir terminée.
- Qu'est-ce que tu vas faire ?
- Je ne vais pas la tuer. J'avais envie, mais...
- Non, l'interrompit-elle.
- Regarde-la, elle ne pourra jamais s'en sortir. Elle n'a que douze ans et elle a déjà tout connu. Elle est née avec le mal.
- Ça ne fait rien, bien encadrée, elle y arrivera. Qu'est-ce

que tu vas faire ? demanda-t-elle une nouvelle fois.
- Je vais la rendre à Billy Emman. Et je vais changer de vie. Il risque de se passer des choses étranges demain si cette flic continue.
- Quel genre ?
- Laisse tomber. Helga, viens.

La gamine s'exécuta sans adresser le moindre mot à la nourrice. Pénélope suivit le mouvement jusqu'à la porte. La petite la claqua tellement fort que le bruit la fit sursauter.

C'était la dernière fois de sa vie qu'elle la voyait.

28.

Dans la Mitsubishi, Tommy engloutit le contenu d'une nouvelle bouteille de coca qu'il venait d'acheter dans un grand distributeur automatique. Ce soir, le sucre avait apparemment la vertu de recharger leurs batteries émotionnelles.

Mélina ressassait les paroles de Sheila : « *Si le Coran a été écrit par des rabbins, le monde musulman se retrouve dans une crise sans précédent.* » Mais pourquoi des Juifs auraient-ils écrit une sorte de bible antisémite ? Ça n'avait pas de sens. L'idée provenait encore de l'un de ces articles, rédigé par un amoureux des complots religieux, et mis en ligne sur le net. Certains y avaient cru. Comme le prétendait Sheila, les esprits ont tendance à s'enflammer dès qu'on parle de religion.

Tommy ouvrit la portière et vomit.

- J'en peux plus, gémit-il trois fois de suite.

Mélina s'en voulait de pousser la sensibilité de Tommy à bout, alors elle prit le volant sans qu'il n'y oppose aucune objection. Elle se dirigeait désormais vers le quai de la Rapée, en espérant en apprendre davantage sur la cause de cette soirée macabre.

Sur la route, Tommy avait aperçu trois hommes qui battaient une femme. Il avait aussi remarqué un échange de came et des mômes de dix-sept ans relookés genre satanistes. Sa vie, c'était de travailler et de rester chez lui. Cette soudaine connexion avec la capitale le galvanisait.

Mélina se gara devant la morgue.

L'Institut Médico-Légal était construit en briques rouges au-dessus du quai de la Rapée. C'était un lieu que les superstitieux évitaient de regarder. Dépendant de la préfecture de police de Paris, il recevait les corps des défunts en cas de décès sur la voie publique, de décès criminel ou de corps non-identifiés. Elle savait que son ami le docteur Éric Fabricio n'aurait pas quitté cet établissement après une affaire d'une telle ampleur.

Ils sortirent tous les deux de la voiture. Tommy ne put s'empêcher

de jeter un œil sur la carrosserie mutilée de sa « chérie ».
Vivement que je te fasse réparer, chuchotait-il à son auto.
C'était plutôt par simple curiosité que Tommy avait accepté, une nouvelle fois, d'accompagner son amie pour voir les corps de ces enfants. Chose rare pour le commun des mortels.
Ils pénétrèrent dans les locaux de la morgue. Dans un silence d'enfer, leurs pas résonnaient comme dans un canyon, mais ils ne sentirent pas d'odeur particulière.
- Je suis désolée de vous déranger à cette heure-ci Éric. Vous n'êtes pas encore rentré chez vous ?
- Avec ce qui vient de nous arriver...

Ce sont des enfants, pas des marchandises ! Devant les regards médusés de ses deux hôtes, le médecin légiste voulut se rattraper.
- Pardonnez-moi, mais il est vrai qu'avec le temps, nous n'utilisons plus les bons mots pour qualifier ces gens.

Sans eux tu n'aurais pas de travail, pensa Tommy.
- Tout est pardonné, et c'est justement pour ça que je suis là.

Le médecin légiste s'arrêta net.
- Il m'ont interdit de parler de mes rapports à qui que ce soit, et je n'ai même pas commencé la première autopsie.
- Vous savez très bien que Béliec m'apprécie beaucoup et qu'il ne verrait pas d'inconvénient à ce que j'en sache un peu plus sur ces crimes. Vous me connaissez, j'aime bien tout savoir sur une enquête de ce genre, même si ce n'est pas mon affaire.
- Oui.

Mélina constata qu'il n'avait pas encore été informé de la mort du directeur de la police nationale. Son téléphone sonna. Mélina l'attrapa in extremis. Elle l'éteignit.
- Les téléphones portables sont interdits dans l'enceinte de l'IML, ironisa-t-elle. C'était votre femme.

Il ne s'agissait pas de sa femme, mais de Billy Emman. Il fallait donc faire vite avant qu'il ne trouve un moyen de le rappeler.
- Je vous le rendrai.

Elle enfourna le BlackBerry de Fabricio dans sa poche.
- C'est bien parce que c'est toi, bougonna-t-il.
Ils atteignirent la morgue où s'alignaient les casiers réfrigérés. Fabricio tira la cellule du petit Helmut. La vision des enfants morts sur les brancards donna la nausée à Tommy. *Je n'aurais jamais pu faire ce métier,* se disait-il.
Mélina regardait le visage opalescent de cet ange comme si toute la beauté du paradis s'était concentrée sur lui.
- Pauvre enfant, larmoya-t-elle.

Éric Fabricio retourna l'enfant. La blessure immonde sur la nuque du garçon figea les bras de Tommy.
- C'est vraiment impressionnant, fit Mélina.
- Cette mère s'est littéralement acharnée pour extraire l'implant, commenta le médecin légiste.
- Est-ce que vous avez vérifié s'il n'y avait pas de problème avec ? Peut-être qu'elle pensait qu'il n'était pas au point et que ça faisait plus de mal que de bien à ses enfants.
- On ne peut pas le vérifier post mortem, expliqua le médecin légiste. L'implant fonctionne grâce aux signaux électriques émis naturellement par le cerveau.
- Le programme informatique s'autodétruit en cas de décès, continua Tommy.

Éric Fabricio enleva ses lunettes, s'essuya les yeux, tic qu'il reproduisait chaque fois qu'il voyait un cadavre.
- Lors de la fabrication de l'implant, l'Organisation mondiale de la Santé a bien été très claire sur le sujet : les patients doivent mourir avec, continua Éric.
- Ils doivent le considérer comme un autre organe, n'est-ce pas ? demanda Tommy.
- Exactement. Il a donc été décidé qu'à la mort du patient, cet organe devrait être enterré avec le corps. Il est formellement interdit par la loi d'extraire l'implant post mortem. Et de toute façon, comme l'a dit notre ami, l'implant est hors service après la mort du patient, donc on ne peut même pas le « diagnostiqué », dirais-je.

Le médecin légiste ouvrit le casier d'un autre enfant.
- Les enfants ne sont pas morts sur le coup, déclara-t-il.
- Expliquez-vous.
- Nous pouvons constater que les jambes ne sont pas en hypothermie totale.
- Une mort cérébrale ? questionna Mélina.
- Oui.
- Comment expliquez-vous ça après avoir bu de l'AZ-4 ? demanda-t-elle.
- De l'AZ-4 ? reprit-il, surpris.
- Vous n'avez pas encore eu le temps de pratiquer une autopsie, j'imagine. Vous trouverez de l'AZ-4, je peux vous l'affirmer.
- Comment le sais-tu ?
- Je le sais, c'est tout.
- Si je trouve effectivement de l'AZ-4 dans le corps de ces enfants, je pourrai conclure définitivement à une mort cérébrale. L'AZ-4 n'a pas tué les enfants, il a simplement déréglé la puce. Il agit comme un programme malveillant qui demande à l'implant de libérer tous les neurones artificiels pour détruire les neurones biologiques du cerveau. Or, ce dernier ne peut pas vivre exclusivement de neurones artificiels. Les patients qui ingurgitent de l'AZ-4 sont alors plongés dans une mort cérébrale.
- Mais ces quinze milles jeunes qui ont ingurgité l'AZ-4 ces cinq dernières années ne sont pas morts sur le coup !
- Alors c'est qu'ils n'étaient pas implantés. Je suis certain de ce que je dis.
- Impressionnant.
- Tous les systèmes informatiques présentent des failles, ajouta le médecin légiste. Celui-ci également. (Un court silence). Je voudrais t'informer également que l'AZ-4 est pourtant indispensable pour l'opération destinée à soigner ou à prévenir la maladie de l'oubli.
- Ah bon ? Une drogue nazie est indispensable pour

l'opération ? questionna Tommy, dubitatif.
- Effectivement, cette drogue médicale conçue par Sigmund Rescher à partir d'une plante qui s'appelle Etik – elle porte mal son nom, n'est-ce pas ? - a été mise au point par un nazi.
- Très bien.

Ils se dirigèrent vers le bureau. De son Pc portable, le médecin montra la vidéo d'un homme convulsant jusqu'à ce que mort s'ensuive.
- La marijuana agit également comme un ver informatique sur l'implant. Mais il y a encore plus impressionnant.

Il téléchargea la vidéo d'une jeune fille qui chantait *Sweet Dreams*. Mélina et Tommy esquissèrent un sourire devant l'indigence artistique de la chanteuse, son mince filet de voix cassait plutôt les oreilles.
- Quinze jours après l'opération, indiqua Fabricio.

Il montra une autre vidéo de cette même jeune fille chantant, la même chanson, sans aucune faute.
- Encore une fois, impressionnant ! admit Mélina.
- Il y a pas mal d'effets secondaires, très bon parfois finit-il d'un ton ironique.
- Et dans le pire des cas, qu'arrive-t-il au patient ?
- Il arrive que des gens soient atteints mentalement à la suite de l'opération. Il y a une unité dans la clinique du docteur Emman qui s'occupe d'eux.
- Je ne le savais pas, répondit Mélina.
- Si tu veux plus de précisions, je te conseille de rencontrer le professeur Billy Emman en personne. Il ne refuse pas les interviews.
- Je m'en passerai. Combien coûte l'opération ?
- Environ 15 000 euros.
- Et c'est remboursé par la sécurité sociale ?
- À 40 %.
- Comment font tous ces gens pour pouvoir la financer ?
- Beaucoup empruntent... La moitié ne peuvent pas être

vraiment remboursés, mais ils touchent aussi beaucoup d'aides.
- Des fonds venus de pays comme New York, l'Allemagne ou le Liban, déduisit-elle.
- Quoi ?
- Est-ce que vous pouvez me parler de Helga Jung ? poursuivit-elle.
- Je n'ai jamais rencontré la famille Jung, se défendit Éric Fabricio.
- Vous êtes en train de me dire qu'un implanté ne peut pas ingurgiter de l'AZ-4. Comment se fait-il alors que la sœur de ces mômes qui logent dans vos casiers puisse toujours être en vie après en avoir bu ?
- Elle n'est peut-être pas implantée.
- Si, elle est.
- Tous les implants présentent cette faille, insista-t-il.
- Cette fille a subi le martyre pendant quelques mois de son enfance de la part de Philippe Ducroix, un médecin aussi peu scrupuleux que ceux de l'Allemagne nazie.
- Qu'est-ce que tu veux que je te réponde ? C'est bien triste.
- Peut-être qu'il a fait de son cerveau un organe très résistant ?

Ou peut-être que l'AZ-4 n'a pas agit sur l'implant. Mais elle ne voulut pas avancer cette idée à voix haute.

Mélina voyait bien que cette conversation le gênait beaucoup. Ainsi, elle comprit qu'il savait des choses sur Helga Jung. Mais ce n'était pas devant un inconnu qu'elle était, pas comme Sheila. Mélina respectait beaucoup ce médecin, elle ne voudrait pour rien au monde lui faire du mal pour lui extirper des informations. Alors elle laissa la conversation s'achever.

- Tu dis vraiment n'importe quoi ! Si je me souviens bien, ce type-là n'avait pas la moindre connaissance de la médecine ou de la neuroscience. Il n'a fait que répéter des expérimentations nazies sur des gens. Donc il aurait

plutôt détérioré son cerveau. Heureusement, ce ne fut pas le cas. Cette fille a été très bien soignée après cette période.
Il but une gorgée d'eau.
– J'ai beaucoup de travail, Mélina.
– Oui. Merci Éric.
Elle lui rendit son téléphone portable.
Les deux amis quittèrent l'Institut Médico-Légal. Au moment où Billy Emman le rappellerait pour le prévenir, qu'en cas de visite de Mélina, il ne faudrait rien lui révéler, ils seraient déjà loin. La jeune femme avait tout de même appris une chose très importante : le traitement contre la maladie de l'oubli n'avait pas seulement la capacité de soigner, mais entre les mains de gens mal intentionnés, l'implant pouvait tuer un patient. Désormais, il fallait comprendre pourquoi Helga avait été la proie de Philippe Ducroix ce qui conduirait peut-être à connaître la raison pour laquelle l'AZ-4 n'avait pas agi sur son implant.

2H 01

Billy Emman venait de tuer un enfant innocent. Ses mains n'étaient définitivement pas assez expertes pour réécrire le programme. Il regarda pendant quelques secondes le corps du gamin qui devenait noir, puis le recouvrit d'un drap blanc. Il enleva ses lunettes et marcha dans la pièce avec sa vision embrumée de myope.
Puis, il s'arrêta et but un verre de whisky.
Son portable sonna. Numéro privé. Il décrocha. Eddy.
– Bonsoir monsieur Emman. Je détiens un trésor qui vous appartient.
– Le Président est à vos trousses, prévint Billy.
– Je pense que le Président et sa bonne femme sont déjà arrivés à Orly à l'heure qu'il est.
Billy envisageait la probabilité que ce lâche ait préféré fuir avec sa bonne femme.

- Et moi aussi je veux partir. Loin d'ici. Refaire ma vie, continua Eddy.
- Comment est-elle ? demanda Billy.
- Elle est en très bonne santé.
- D'accord. Donnez-la à vos amis.
- Que me donneriez-vous en échange, Monsieur ?
- De quoi vivre pendant très longtemps.

Tu crois que je vais tomber dans ton piège ? pensa Eddy.
- *Où ?*
- Au parking habituel.

Eddy décrocha.

,29.

2H 43

Il n'y avait plus d'électricité dans la maison abandonnée de Philippe Ducroix. Mélina attrapa son BlackBerry et ouvrit l'application lampe torche. Tommy fit de même avec son smartphone. Du papier peint jauni tombait des murs. L'odeur du couloir très nauséabonde faisait regretter à la jeune femme de ne pas avoir pris du jus de citron à appliquer sous les narines. Simple précaution d'un flic en entrant dans un lieu douteux, où pourraient encore rester des corps en décomposition.

Tommy tremblait de peur et ne le cachait pas à Mélina. Il continuait à la suivre pour la simple raison que les situations dans lesquelles elle se fourrait pouvaient devenir dangereuses. Et qu'elle pourrait donc avoir besoin de son aide.

– J'ai envie de vomir, fit-il, à voix basse.
– Tais-toi. J'ai l'impression que cette maison est habitée.
– Raison de plus. On est dans la maison du diable, Mélina !
– Oui, regarde, il est derrière toi. Tais-toi maintenant.

Ils passèrent la porte de la cuisine. Des œufs au plat avaient moisi dans une poêle et de nombreuses bouteilles de vins étaient restées entamées. Le frigo propre contenait de la nourriture encore consommable à l'intérieur.

– Ce qui signifie bien qu'il y a quelqu'un qui habite dans cette maison, constata Mélina.
– Raison de plus pour se barrer. Qu'est-ce que tu veux savoir ?
– Je ne sais pas vraiment. Il faut juste continuer à rassembler des preuves. Il nous faut comprendre pourquoi la petite Helga n'est pas morte ce soir et saisir la corrélation entre l'antisémitisme et le traitement informatique. On n'a pas qu'une question à résoudre, mais deux. Nous approchons de la vérité, je le sens. Tout va s'éclaircir, tu verras. Et tu pourras être fier de m'avoir aidée à trouver le mobile du plus grand infanticide du

siècle.

— Ça ne m'amuse plus du tout, soupira-t-il.

Ils continuèrent jusqu'à un escalier qui menait vers une pièce au sous-sol. Le passage pour l'enfer ! pensa Tommy. Comme il avait été un amoureux inconditionnel des films d'horreur pendant son adolescence, il avait remarqué que les réalisateurs aimaient beaucoup filmer les sous-sols, un des lieux favoris de leurs films. Mais aujourd'hui ça ne lui plaisait pas particulièrement de jouer ce genre de personnage. Il sentait pour la première fois que sa vie était en danger.

Il soupira longuement pour calmer son anxiété. De toute façon, Mélina était trop déterminée, il devait la suivre jusqu'en enfer.

Ils descendirent, elle donna un grand coup de pied pour ouvrir la porte.

La pièce qu'ils découvrirent avait été aménagée comme une salle de tortures. Parmi les équipements ternis par le temps, on trouvait une baignoire qui avait dû servir pour l'expérimentation de l'hypothermie, un appareil à radiographie, un caisson spécial pour des expérimentations gazeuses. Quelle quantité de cyanure d'hydrogène faut-il pour tuer quelqu'un ?

Des morceaux d'intestin dans des bocaux. Du sang dans des tubes.

— Où a-t-on retrouvé le corps de Philippe Ducroix ? s'interrogea Tommy.

— Ici.

— Pourquoi les services judiciaires n'ont-ils pas fait enlever tous ces débris humains et ces appareils de torture ?

— La justice ne considère pas une IRM ou une baignoire comme une machine de torture. Ils ont laissé la maison à l'abandon, et puis voilà.

— Et les intestins ?

— Tu me fais chier Tommy.

Ils reconnurent Helga sur des photos accrochées au mur. « La dernière victime ».

— Bonsoir, grommela une voix éraillée.

Ils se retournèrent. *On est bien dans la maison du diable*, constata Tommy, atterré par le physique horrible de cette femme. Une longue cicatrice rouge avait balafré et abîmé son visage. Sans cheveux du côté droit et les yeux ultra cernés, Héléna était maigre et blanche.
– Il faut partir, cria Tommy.
– J'ai toujours fait peur à tout le monde, soupira Héléna.
– Qui êtes-vous ? demanda Mélina.
– La seule patiente qui se soit échappée de cette centrale informatique : la clinique du docteur Billy Emman.
Mélina se souvenait de ce fait divers. Héléna avait effectivement disparu depuis deux ans. On avait bien mentionné que l'opération pour la soigner de la maladie de l'oubli avait échoué. L'avis de recherche précisait également qu'il s'agissait d'une patiente mentalement atteinte et qu'il ne fallait en aucun cas l'approcher, mais appeler directement les services de police.
– Qu'est-ce qu'une patiente de la clinique Emman peut bien faire ici ? se demanda Tommy. Il faut se barrer.
– Je me cache dans cette maison que tout le monde croit hantée. Je sors de temps en temps pour faire mes courses avec l'argent que Philippe Ducroix a laissé dans une valise au grenier en prenant bien soin de porter un voile. Mais, je n'en ai plus pour longtemps maintenant. Autant crever que de retourner dans cette maudite clinique, grogna-t-elle.
Mélina n'avait pas l'impression de courir un quelconque danger. Pour l'instant du moins.
La femme s'assit dans un fauteuil.
– Vous voulez boire quelque chose ?
– Surtout pas, refusa Tommy.
– Je n'ai jamais été une maniaque de la propreté.
C'est le moins que l'on puisse dire...
– Vous avez était opérée pour vous prémunir de la maladie de l'oubli ? demanda Mélina.
– Comme des millions de personnes.
– Mais ça n'a pas fonctionné ?

Elle esquissa un léger sourire devant l'incrédulité de Mélina.
- Ils n'ont juste pas voulu que ça fonctionne.
Mélina n'eut pas le temps de répondre, la femme continua de parler.
- C'est horrible ce qu'il a fait... Mais Philippe Ducroix était juste devenu un fanatique de Sigmund Rescher. Regardez tous ces organes dans ces bocaux. N'est-ce pas magnifique de pouvoir contempler ce que nous ne voyons jamais, mais qui fait de nous un être vivant ?
- Cela peut être effectivement très addictif, admit Mélina. Pourquoi dites-vous qu'il a raté volontairement l'opération ? reprit-elle aussitôt avec sérieux.
- Savez-vous combien de personnes dans le monde deviennent tétraplégiques après avoir avalé un cachet d'aspirine ?
Un court silence prouvant leur totale ignorance suivit.
- Deux personnes par jour. Ce qui fait sept cent trente personnes par an. Statistiquement, deux milliards d'individus ingurgitent de l'aspirine chaque jour.
- Risque très minime, conclut Mélina.
Sa remarque vexa Héléna.
- Pardonnez-moi. C'est horrible, se corrigea t-elle.
- Et que pensez-vous qu'on fasse de ces gens ? enchaîna la femme.
- Des cobayes, répondit Mélina avec assurance.
- Oui. Depuis que le programme a été mis au point, deux millions de personnes par an sont implantées pour prévenir la maladie de l'oubli, affection qui nous transforme en monstre sans repères. Personne ne parle vraiment des cinq cents malades sur lesquels, « officiellement », l'opération ne fonctionne pas correctement. Ces échecs génèrent des fous, des handicapés mentaux ou physiques.
 Elle soupira longuement, une larme coula de ses yeux presque entièrement blancs.
- Ils donnent naissance à des objets d'expérimentation

qu'on envoie dans tous les coins de la planète en échange d'un peu d'argent.
– Et vous faisiez partie de ces cobayes ? demanda Mélina.
– Je n'étais apparemment pas un bon terrain d'expérimentation. Ils prétendaient que je ne servais à rien. J'ai vécu pendant plusieurs années dans cette clinique, à crier, hurler sans que personne ne m'entende. Ils s'arrangent toujours pour qu'on ne meure pas, mais qu'on souffre , avec ce fameux AZ-4.
Elle observa un silence.
– En fait, Monsieur Emman peut vraiment faire ce qu'il veut dans son monolithe, continua-t-elle. J'ai toujours l'impression d'entendre les cris de ces pauvres gens, tellement aigus qu'ils transperçaient ma cervelle.
- Quels genres d'expérimentations ? demanda Tommy
– Pour faire des expériences sur l'être humain, il faut en détester une partie.
– Pouvez-vous répondre à la question sans passer par des explications que je ne comprends pas, pria Mélina.
– Pour expérimenter sur un être humain, il faut le détester biologiquement, répéta-t-elle. Or, ils nous détestent.
– Qui nous ?
Mélina cligna des yeux, un début de malaise certainement, mais elle se reprit rapidement.
Encore une fois, Héléna esquiva la question et continua :
- Vous imaginez si un parti politique au pouvoir vous autorisait à procéder à ces expérimentations ? Il n'y a jamais eu autant de cobayes humains qui ont subi des investigations médicales immondes, que pendant la Seconde Guerre mondiale. Parce que durant cette triste période, un parti fondait sa politique sur des critères raciaux, ce qui rendait tout à fait légales ces expérimentations. Être fan d'un parti, c'est être fan de tout ce qu'il prône.
– Le national-socialisme, précisa Mélina.
– Mais c'est surtout le climat de guerre qui a permis à ce parti d'accomplir ces atrocités, continua Tommy.

Héléna hocha la tête.
- Les humains font les meilleurs cobayes. Si une partie de l'humanité, même minime, est considérée comme une race inférieure par une autre partie, cette dernière cherchera à l'utiliser comme terrain d'expérimentation.
- Mais aujourd'hui, il n'y a plus aucun parti.
- Le Hezbollah, le Hamas et tout le tralala antisémite contrôlent les États. Des médecins prennent l'antisémitisme du Coran comme prétexte pour pratiquer des choses immondes sur des Juifs. Le Hezbollah n'a jamais caché qu'il finançait des scientifiques un peu fous. (Un silence). Mais il y a encore plus grave : le professeur Billy Emman n'hésite pas à vendre des patients à des scientifiques qui lui demandent. Des patients qui ne sont pas sortis indemne de cette opération par exemple …
- Comment savez-vous tout cela ?
- Je peux vous dire que faire semblant d'être folle permet d'entendre des choses que le commun des mortels ne comprendrait pas.
- Qui était vraiment Philippe Ducroix ? demanda Mélina.
- Philippe Ducroix n'était qu'un monstre formaté par Shamurer, le vrai fondateur du programme informatique pour soigner cette maladie. Mais ce n'était pas un véritable monstre lui, du moins je le crois. Il fallait bien qu'il fasse ses recherches. Billy Emman est bien pire.
- Billy Emman n'est pas…
- Non, Billy Emman a tué Shamurer pour devenir l'homme le plus puissant du monde.
- Qu'est-ce qu'elle a donc de si particulier cette enfant ? demanda Tommy.
- Elle a le code source du programme informatique pour soigner la maladie de l'oubli. Ce programme présente tellement de failles qu'il fallait protéger le vocabulaire et la grammaire de ce langage de programmation pour que personne ne puisse l'utiliser pour rédiger un quelconque programme. Un programme malveillant, par exemple. Pour que personne ne puisse accéder

au réseau Mona Lisa.

Mélina n'avait pas réagi à cette dernière phrase et Tommy ne voulut pas en parler. Il lui paraissait trop aberrant que ces êtres humains implantés ne forment qu'un banal réseau informatique sur lequel on pouvait lancer toute sorte de virus informatique. Il lui semblait aussi fort probable qu'il ne s'agisse que du fruit de l'imagination de cette malade. Mélina comprenait désormais pourquoi l'AZ-4 n'avait pas agi sur l'implant de la petite Helga. Simplement parce qu'il était surprotégé des attaques. Elle se souvenait que Fabricio lui avait dit que cette drogue agirait comme un fichier malveillant qui ordonne la libération de tous les implants artificiels. Mais pas sur celui d'Helga !

Mélina voulait résoudre une autre question, alors elle demanda :

– On nous a dit que le Coran avait été écrit par des rabbins. Pourquoi le Coran ?

– Si le Coran a été écrit par des rabbins, alors tout ce que je viens de dire trouve son origine, ma chère. Si des rabbins ont écrit un coran antisémite, alors qui profitent de ces expérimentations?

– Je ne comprends pas.

– Il n'y a rien à comprendre, pesta Tommy. Il vaut mieux partir.

Mélina se résigna. Simplement parce qu'elle avait soudainement peur du monstre qui se tenait devant elle.

– Bien, nous allons partir.

Ils rejoignirent la sortie en ne lâchant pas des yeux Héléna, qui elle-même ne les quittait pas du regard.

– Il faut savoir manier toutes ces informations avec soin, elles sont graves, prévint Héléna avec intensité. Il s'agit de l'humanité.

30.

Tommy en éclata de rire dans sa Mitsubishi.
- Qu'est-ce qu'il y a de si marrant ? lui demanda Mélina.
- On vient de parler à je ne sais quel démon des enfers. Et, en plus, elle te raconte n'importe quoi, rétorqua Tommy.
- Elle a dit : si le Coran a été écrit par des rabbins, alors tout ce que je viens de dire trouve son origine.
- Ce qu'il faut comprendre, c'est que le traitement informatique contre la maladie de l'oubli est sûrement une expérimentation d'un médecin antisémite – ce Shumarer, nom allemand - qui a dû tuer des milliers de cobayes humains pour le mettre au point. Puis ils se sont rendu compte qu'ils avaient opéré plus de douze millions de personnes avec un implant défaillant. C'est tout. Et Flora Jung a profité de ses fonctions pour transférer de l'argent des Témoins de Jéhovah et financer ce traitement, et en même temps l'antisémitisme. Mais comme l'argent que Flora Jung a transféré a également servi à introduire l'AZ-4 - puisque l'AZ-4 est utilisé lors de l'implantation - , la secrétaire générale avait trop honte d'avoir sur la conscience ces 15 000 morts. Et surtout, elle se reprochait tellement que sa propre fille porte en elle le code source d'un implant capable de guérir, mais aussi de tuer.
- Peut-être, mais ça ne constitue qu'une partie du mobile. Il y a sûrement autre chose, s'entêta Mélina.
- On tourne un peu en rond, non ? C'est bon, tu as trouvé le mobile de la secrétaire générale. Tu as le mobile de ces transferts d'argent.
- Non, on ne tourne pas en rond. On s'approche de la vérité.
- On la tient la vérité.
- Non.
Maintenant Tommy se lassait de l'entêtement de Mélina.
- Ce n'est plus de l'entêtement, c'est de la folie,

s'impatienta-t-il.
— Il y a encore un truc qui nous échappe. Faut retourner voir Edmund Jung. Je suis certaine qu'il nous fournira l'explication de cette affaire.

31.

Les deux meurtres commis par Eddy Alsoufi, dans la mosquée de Paris quelques heures auparavant, avaient provoqué un électrochoc dans la tête d'un fanatique de Dieu. Avant de se faire sauter la cervelle, à 3h 30 du matin, le terroriste venait de commettre plusieurs attentats en réponse aux meurtres.

Trois grenades furent lancées en l'espace d'une heure, deux dans Paris intra-muros puis une en proche banlieue. Quelqu'un d'assez neutre sûrement puisqu'il avait décidé de ramener le monde juif et musulman au même niveau : l'attentat sur l'ambassade du Liban en France venait d'ôter la vie à dix-huit personnes, l'attentat sur celui d'Israël avait fait quant à lui vingt-cinq morts.

Le dernier de la série, à 3h 10 du matin, n'avait causé que des dégâts matériels. Et sur le monolithe de Billy Emman ! Lui arracher deux côtes à vif ne lui aurait pas causé plus de mal. L'attaque de la clinique n'était que pure coïncidence, le terroriste n'avait aucune conscience du lien qu'entretenait cet établissement avec le monde arabe et juif. Attaquer le monolithe représentait plutôt un acte glorieux pour un terroriste musulman, certains radicaux condamnaient vivement ce traitement informatique.

Paris était donc devenu, aujourd'hui plus que jamais, l'épicentre des attaques « de la terreur ». Et cette grande clinique avait un lien, un lien sur le point d'être révélé au monde à cause de cette Mélina qui cherchait trop, ce qui faisait transpirer Billy Emman de la tête aux pieds.

Le professeur travaillait encore à l'intérieur, avec 1,6g d'alcool dans le sang, lorsque la grenade dévasta les deux premiers étages de ce bloc noir qui défigurait la région parisienne.

Billy avait échoué à localiser Mélina et n'avait plus la force de lui courir après. C'était certain, elle allait découvrir le secret. Le Président de la République, en vol pour New York, refusait de faire demi-tour, ignorant les supplications de Billy. Le professeur tremblait, mais il croyait en cette prophétie :
Un enfant viendra pour nous aider à protéger notre secret.

Dans le parking où il avait donné rendez-vous à Eddy, Helga sortit du fourgon et se dirigea tout droit vers les deux hommes de main de Billy Emman. Perplexes, ils regardèrent à travers la vitre du fourgon, mais Eddy ne semblait pas s'y trouver.
   – C'est quoi l'embrouille ? dit le chauve. Il est où l'autre ?
Eddy savait que Billy ne lui donnerait rien en échange de l'objet dont il se considérait le propriétaire. Il était certain que le professeur Emman avait programmé de le tuer.
Ils s'approchèrent alors de l'enfant.
   – Où est-il ? demanda le chauve.
   – Je ne sais pas.
Les hommes se rendaient bien compte que la gamine parlait comme un robot préalablement formaté par Eddy.
   – Est-ce que vous avez la valise ? questionna Helga.
Ils reculèrent d'un pas devant la manière de parler de la jeune fille. On aurait dit une femme dans le corps d'une fille. Elle avait le visage tellement pâle et les yeux si exorbité. Avec ses vêtements blancs, elle incarnait parfaitement le cliché d'une malade mentale qui venait de s'échapper de l'hôpital psychiatrique renfermant les plus gravement atteints.
   – Nous ne pouvons pas lui donner la valise. Ce ne sont pas les ordres, fit le brun.
   – Ah oui ? reprit l'enfant. Quels sont les ordres alors ? questionna-t-elle en les toisant.
   – Ferme ta gueule, petite, cria le brun.
Le visage d'Helga se crispa.
   – Est-ce que vous avez la valise ? répéta l'enfant d'un même timbre de voix hautain.

Le brun lui donna une claque.
- Eh, eh calme, fit le chauve.
Le brun la secoua violemment en lui demandant :
- Tu vas nous dire où est ton patron, sale petite pute !
- C'est une enfant, protesta le chauve.
- Elle n'a rien d'une enfant. Regarde-la. On dirait le diable...
Helga sortit l'arme de sa poche et tira sur les deux hommes. Les deux malfrats quittèrent ce monde avec l'humiliation de s'être fait abattre par une gamine
Eddy arriva.
- Retourne dans le fourgon, ordonna-t-il à la jeune fille.
Elle s'éxécuta.
Il regarda dans la voiture. Rien ...

32.

3H 30

Mélina pénétra pour la seconde fois dans la propriété du manoir Alcôve : « La petite chambre ». Elle n'avait jamais compris pourquoi il avait baptisé sa demeure ainsi.

Tommy ne supportait pas l'odeur du vieux mobilier, à tel point qu'il protégea son nez avec sa main. Elle lui rappelait trop la maison de son arrière-grand-père qu'il refusait d'aller voir étant petit. À présent, il regrettait sa répulsion. Son aïeul n'était pas un monstre, juste un homme ridé en fin de vie.

Comme il s'agissait de l'un des derniers nazis en vie, le moment piquait la curiosité de Tommy. Ses yeux s'exorbitèrent à la vue du visage abîmé du vétéran qui le regardait comme un intrus qu'il fallait exterminer.

Edmund éteignit la télévision. Il ne prit pas la peine de se lever de son fauteuil Napoléon III.

– Vous voyez le diable, mon garçon.
– C'est bien ce que vous êtes, lança-t-il, sans vergogne.
– Dois-je supporter la compagnie de ce genre d'homme ?
– Tu n'as pas le choix, envoya Mélina.

Edmund poussa un soupir, tel un enfant obligé par ses parents d'accomplir une tâche désagréable. Depuis une dizaine d'années, le nazi avait oublié la sociabilité. La seule présence humaine qu'il acceptait était celle de son assistante de vie, et toujours entre les murs de son petit manoir. Il considérait les autres comme des bactéries.

– Tu m'as menti, continua Mélina.
– Sur quel sujet t'ai-je donc menti ? demanda-t-il l'air incrédule.
– J'ai le sentiment que tu connaissais déjà le mobile de Flora Jung.
– Il fallait bien te laisser chercher par toi-même. Raconte-moi plutôt ce que tu as découvert.

- C'est une longue histoire soporifique, fit Tommy.
- L'art du résumé.
- OK, se résigna Mélina.

Tommy leva les yeux au ciel comme pour supplier Dieu.
- Jung était une espionne à la solde du Hezbollah Libanais. Et le hezbollah Libanais a transféré un peu d'argent pour la fabrication des implants.

Tommy considérait cette information comme du n'importe quoi. Il avait de plus en plus l'impression que les informations qu'ils venaient d'apprendre sur Flora Jung tout au long de la soi manquaient de cohérence. Mais il ne voulait pas interrompre Mélina. Et comme elle était persuadé que ce vieillard avait la solution au chaos de cette soirée, alors il assistait à cet entretien, les oreilles grandes ouvertes.
- Une organisation terroriste qui finance la médecine ! s'exclama Edmund, joyeux. Et, qui plus est, un traitement qui guérit des millions de personnes... Un bon point pour eux dans l'opinion publique, n'est-ce pas ?
- En échange de cobayes, contrecarra Mélina.
- Un pas si bon point que ça alors ? suggéra-t-il, le sourire éteint.
- Cet argent a certainement dû servi à introduire l'AZ-4 sur le sol français, continua-t-elle de raconter. Ces milliers de jeunes gens n'ont participé qu'à une expérimentation nazie de plus.
- Ils voulaient sûrement savoir combien de temps ils pouvaient résister à l'AZ-4 version 2020, avança Edmund.
- Ce genre de question ressemble fortement à la mentalité des scientifiques nazis, fit remarquer Tommy.
- Exactement. La mentalité des scientifiques nationaux-socialistes, répéta le vétéran, en ricanant.
- Passons. Les ratés de l'opération de la maladie de l'oubli sont envoyés comme cobayes aux quatre coins de la terre en échange d'un peu d'argent aussi.
- Oui. Et à qui profitent ces expérimentations selon toi ?

demanda Edmund.
- Aux nazis.
- Le national-socialisme n'existe plus ma pauvre Mélina. Ça n'existe plus.

Son intonation devenait de plus en plus nerveuse, comme un professeur las de rabâcher des explications sur une notion que son cancre d'élève ne comprendrait jamais. Edmund pensait que sa tactique d'accumuler les questions allait faire jaillir la vérité dans l'esprit de Mélina. Il voulait continuer encore un peu.
- L'antisémitisme existe toujours. Il y a quelques heures, tu m'as dit que le nazisme avait été repris par l'islam.

Edmund hocha la tête.
- Or, lorsque la phobie de l'autre découle d'une idéologie gouvernementale, les médecins les plus fous n'éprouvent aucun scrupule à utiliser un être humain considéré, par leur propre État, comme infect. Exactement comme sous l'Allemagne nazie, poursuivit-elle…
- Jusqu'à ce qu'un scientifique trouve un remède pour soigner une maladie. Et devienne ainsi l'homme le plus riche du monde, finit Tommy.
- Donc pour répondre à ta question, ces expérimentations profitent au scientifique, qui, dans cet état xénophobe, trouvera un remède en faisant joujou avec le corps de son ennemi, conclut Mélina.
- Quelque chose t'échappe pourtant, n'est-ce pas ma petite Mélina ?
- Oui. J'ai beau chercher, il y a quelque chose qui m'échappe. Je n'arrive pas à comprendre exactement pourquoi cette femme politique en est arrivée au meurtre. Et je ne vois aucune corrélation fondamentale avec Magda Goebbels.
- Pourtant il y en a une.
- Laquelle ?
- Attends un peu.

Mélina était certaine qu'il détenait la solution de tout le chaos de cette soirée. Jusqu'ici, elle n'avait détecté aucune marque

de surprise sur le visage du vétéran, comme s'il maîtrisait toute cette thèse.
– Quelles sont les principales maladies planétaires ? lui demanda Edmund.
– Il y en a deux : la maladie de l'oubli et Xero.
Un silence.
– Donc, reprit le vétéran, quelle est ta conclusion sur les meurtres de cette femme d'affaires ?
– Tu veux dire que cette maladie cache quelque chose, ou son traitement, c'est ça ?
– Peut-être bien !
– Je suis venue ici pour trouver la réponse qui circule dans les cartes encodées de ton cerveau.
Elle avait eu envie de dire : « de ton putain de vieux cerveau », mais elle s'était retenue.
– Je vais le faire. Je veux simplement t'écouter.
– Je suis certaine que la petite Helga a servi de cobaye pour une expérimentation autre que la maladie de l'oubli. Elle a survécu à l'AZ-4. Or, celui-ci agit comme un programme informatique qui ordonne à l'implant d'aller tuer tous les autres neurones biologiques. La mort cérébrale s'ensuit.
Tellement elle avait l'impression de se répéter, elle en soupira.
– Tu marches à reculons, l'encouragea-t-il, mais dans un instant, tu comprendras tout.
– Dis-le-moi tout de suite !
Dans son coin, Tommy s'apercevait que toutes ces questions, bien qu'elles puissent paraître indépendantes les unes des autres, présentaient un lien diabolique. Il venait de comprendre que le vieillard prenait un malin plaisir à jouer avec leurs nerfs. Mais c'était aussi une ruse. Il fallait qu'il révèle ce dénouement au moment où la tension de Mélina atteindrait son maximum. À ce moment-là, elle ne réfléchirait plus, la révélation arriverait comme un électrochoc et s'implanterait dans ses circuits neuronaux. Lui-même se sentait très tendu, il ne se le cachait pas non plus.

– Reprenons, la xénophobie a été légalisée par des partis politiques au pouvoir, tu me dis ?
– Oui, répondit Mélina. Aujourd'hui le Hezbollah, le Hamas ou l'État islamique contrôlent des pays.
– Quelle en est l'origine de ces organisations ? Pour quelles raisons veulent-elles contrôler des états ?

Mélina ne parvint pas à répondre.

– Le fanatisme de Dieu, s'énerva-t-il. Nous avons aujourd'hui des organisations religieuses qui contrôlent des Etats, et qui prennent, pour fondement de leur doctrine, le Coran.

Mélina ne broncha pas.

Edmund laissa cette question en suspens pour plus tard. Il n'oubliait pas qu'il fallait que la vérité agisse comme une implantation.

– Et s'ils n'avaient jamais eu le vrai Coran entre les mains ? Si le vrai Coran n'avait rien d'antisémite ?
– C'était donc vrai ! souffla Mélina. Le vrai Coran n'a jamais existé.
– Ce n'est qu'une rumeur, s'exclama Tommy.

On avait l'impression que Mélina détectait tout ce qui ne faisait pas partie de la conspiration comme des malwares. Les quelques paroles de Tommy – pour lui rappeler la prudence face à la situation – avaient été classées comme indésirables dans la boîte mail de son cerveau.

– C'est ce que nous a dit Héléna, rappela-t-elle.
– C'est qui cette Héléna ? demanda le vétéran.
– Une folle, cria Tommy, comme vous ! (Sa tête pivota en direction de Mélina). Il veut te faire avaler n'importe quoi. C'est un nazi. Partons !
– Tu as très bien compris pourquoi ! reprit le vétéran. L'origine de tout ce mal. Il y a une seule raison pour laquelle Flora Jung ne croyait plus en Résali, une seule raison pour laquelle Magda Goebbels ne croyait plus au national-socialisme et une seule raison pour laquelle elle a arraché ces implants du cerveau de ses enfants.

- Laquelle ?
- Qui dit antisémitisme, dit juif. Parlons-en, tiens.
- Nous sommes tout ouïe, Monsieur le nazi, railla Tommy sur un ton dédaigneux.

Le vieillard lui lança un petit sourire en coin.
- Aujourd'hui, l'antisémitisme n'est plus qu'un mot. Il a plutôt tendance à protéger le Juif. Or, toutes ces expérimentations ne servent qu'à une seule personne Mélina : le Grand scientifique, Billy Emman. Et qui est Billy Emman ?
- Je ne comprends pas.
- Moi non plus, fit Tommy et nous devrions partir.
- La fuite… Parce qu'inconsciemment vous avez compris de quoi il s'agissait. La vérité provoquant toujours un choc profond, il faut donc éviter de croiser son chemin, n'est-ce pas ?
- Philosophe en plus… Je n'ai toujours pas compris. Et, à choisir, je préférerais que cette révélation mensongère reste dans mon inconscient, s'exclama Tommy.

Il se leva, essaya de prendre le bras de Mélina. Pensive, elle rejeta sa main.
- Je t'écoute Edmund.

Tommy se laissa de nouveau tomber sur le fauteuil, totalement hébété.
- Alors je vais te raconter une histoire. Une histoire surprenante. Le genre d'histoire à laquelle on croit ou on ne croit pas.

Mélina de plus en plus irritée s'exclama :
- Pourquoi tu ne veux pas aller tout simplement à l'essentiel ?
- Mais on ne peut pas arriver à la conclusion sans avoir développé le sujet, répondit l'ancien national-socialiste.

Il se leva de son fauteuil rouge Napoléon III. Tommy fut surpris qu'un centenaire puisse encore se déplacer aussi facilement.

Ils pénétrèrent dans le deuxième salon, légèrement plus froid, comme dans une cave. L'atmosphère qui régnait là effrayait de plus en plus Tommy et il était déjà presque quatre heures du matin. Lui qui n'avait jamais veillé une nuit entière depuis sa naissance ! Mais il ne pouvait pas laisser Mélina pour la simple raison qu'il était persuadé qu'il ne la reverrait jamais s'il partait seul.

Ils s'assirent sur des chaises en bois autour de la grande table. Leurs visages, décomposés par les événements de cette soirée, s'émerveillaient devant la reproduction du tableau le plus connu au monde.

- Elle est belle, n'est-ce pas ?
- Oui, acquiesça Mélina.
- Je la trouve moche et je n'ai jamais compris pourquoi 20 000 personnes viennent l'admirer chaque jour, reprit le nazi.
- Ce n'est pas le sujet, reprit Tommy avec feu.
- Toutes les preuves que tu as rassemblées ce soir vont te permettre de comprendre. C'est la dernière étape, insista-t-il.
- Je croyais que vous deviez me parler des Juifs.
- C'est ce que je suis en train de faire. Les plus grands secrets rassemblent des éléments qui peuvent, à première vue, paraître incohérents. C'est la dernière étape !
- Espérons-le, fit Tommy. (Un silence). Il paraît que c'est la reproduction d'un travesti.

Le nazi se sentit outragé par cette remarque.

- Ce n'était pas du tout un travesti ! Lisa Gherardhini a eu six enfants. Et elle était juive !
- Pas du tout, s'insurgea Tommy.
- Wikipédia ? demanda le nazi.
- Oui.
- Alors vous êtes dans le faux. Depuis la nuit des temps, les Juifs sont des mal-aimés. Leur diaspora a commencé au IIème siècle avant Jésus-Christ suite à des persécutions.
- Ce n'est donc pas d'aujourd'hui, constata Mélina.
- Mais ça n'a pas que des inconvénients d'être persécuté…
- Comment ça ?
- Chaque chose en son temps. Revenons à notre Mona Lisa. Elle appartenait à une famille juive d'Espagne. Après la victoire des chrétiens contre le sultanat de Grenade, les Juifs ont

été expulsés de ce pays en 1492. Dont la famille Gherardhini. Or notre Lisa Gherardhini a vu le jour en 1479.
- ça colle bien, dit Tommy.

Mélina se moquait un peu de toutes ces informations, mais elle savait qu'elle ne pourrait pas y échapper avant de connaître le véritable mobile des meurtres de Flora Jung.
- Et alors ? demanda Mélina avec un timbre de voix qui trahissait son impatience.
- Je voulais simplement rétablir la vérité sur ses origines. Mais c'était aussi une folle. Elle battait ses enfants. Je la soupçonne même de les avoir tués.
- Pourquoi les battait-elle ? demanda Tommy avant Mélina.
- Cette femme avait le don de lire les pensées de ses enfants qu'elle trouvait nocives. On pense toujours que l'enfant est innocent, mais il ne l'est pas toujours, il rêve de prendre une kalachnikov et de tirer.

L'expression neutre des visages de Mélina et Tommy confirma ses dires. Un soir, Tommy qui s'était introduit dans la chambre de son père, s'empara du fusil que le chef de famille avait l'habitude de charger la nuit venue. Jubilant devant ce jouet meurtrier, le petit ne put s'empêcher d'appuyer sur la détente. Heureusement, il n'avait causé que des dégâts matériels.
- Officiellement les enfants étaient malades, reprit Tommy. Au 16ème siècle, c'était tout à fait courant.
- Je ne crois pas à cette coïncidence, corrigea Edmund, en fronçant les sourcils. Regardez ce portrait. (Leurs yeux se dirigèrent une nouvelle fois vers la Mona Lisa). On dirait une sorte de bug informatique, commenta-t-il. L'informatique fonctionne exactement comme le cerveau, une mémoire dans laquelle sont stockées les données.
- Un processeur qui exécute des programmes, continua Tommy.
- Le décor reflète le dérèglement de l'esprit.

L'analyse d'Edmund ne le convainquit pas tout à fait, mais il

ne la trouva pas complètement erronée. Certains qualifiaient le décor, un peu plus haut à gauche qu'à droite, d'abstrait. En plus, et même si Edmund affirmait qu'il s'agissait de Lisa Gherardhini, certaines analyses avançaient que Leonardo Da Vinci avait peint un homme et une femme en surimpression. Ce qui correspondait assez à un « bug ».
- Je voudrais quand même faire remarquer que ce n'est pas très convaincant, fit Tommy.
– Pourtant, c'est aussi simple que ça. On a voulu faire de ce portrait un puits de symboles aussi insignifiants les uns que les autres. Mais il s'agit bien là d'un bug informatique qui reflète l'état mental de Lisa Gherardhini.
– Vous avez raison, se résigna Tommy. Leonardo Da Vinci a pressenti des choses très futuristes pour son époque, tels l'avion ou la voiture.
– Ou le cryptex. C'est donc lui le père de l'informatique. Et personne d'autre.
Tommy hocha la tête.
– 20 000 regards convergent chaque jour sur le portrait d'une meurtrière, en conclut Mélina.
– Une excellente publicité pour le plus grand musée du monde, n'est-ce pas ? ironisa-t-il.
– Qui nous dit que cette analyse n'est pas le fruit de votre imagination ? Ma culture provient exclusivement d'Internet certes, mais...
Le nazi pouffa de rire.
- Eh bien vous êtes faussement cultivé mon brave ! Internet n'est qu'un réseau manipulé par les puissants de ce monde. Et les puissants de ce monde sont des Juifs. Et surtout dans le domaine de l'informatique. Les informations que vous avez trouvées sur les Juifs sont erronées !
Il avait une nouvelle fois raison. Et Tommy ne pouvait prétendre le contraire. L'inventeur de Facebook, les dirigeants de Siemens et de Microsoft par exemple…
– Continuons, fit Edmund. Et vous allez comprendre plus

précisément le secret qui se cache derrière ce tableau. Mais il faut d'abord que je vous présente quelques personnages importants de la Seconde Guerre mondiale.
– Encore ! s'énerva Tommy.
– Qu'est-ce que la Seconde Guerre mondiale a encore à voir là-dedans, pesta Mélina du même timbre de voix que son ami.
– Je connais parfaitement toutes les corrélations qui existent entre ces différents personnages. Je vous répète que dans un instant, cela m'étonnerait bien que le mot « incohérence » fasse encore partie de votre vocabulaire.
– Si l'on considère que Mona Lisa était une vraie personne… piqua Tommy.

Edmund Jung ne se donna même pas la peine de riposter aux piques acerbes de Tommy. Il prit un cadre dans le buffet Napoléon III et le posa sur la table.
– Savez-vous qui est cet homme ?

Mélina et Tommy l'ignoraient.
– Au lieu de faire lire des bouquins à tous ces mômes, l'Éducation nationale devrait songer à leur montrer les photos des plus grands de ce monde.
– Qui est-il ?
– Hermann Wirth.
– Un parfait inconnu…
– Pourtant, ce sont ses recherches qui ont conduit le plus grand dictateur au monde à donner son feu vert pour l'extermination du peuple juif. Avec Himmler et Darré, ils ont créé L'Aneherbe.
– Qu'est-ce que c'est ? demanda Mélina.
– Les flics n'ouvrent donc jamais un livre ?
– Leurs travaux ont prouvé que le Juif était une race qui ne valait rien, argumenta Tommy.
– Sauf qu'il s'agit là d'une désinformation, démentit le nazi. Vous croyez vraiment qu'Hitler aurait donné son feu vert pour décimer des idiots ? Non ! l'Aneherbe a enfait prouvé

que le Juif était une race supérieure. Une race beaucoup trop intelligente. Et il n'avait pas tout à fait tort.
 – Albert Einstein est un génie, affirma Tommy, pensif.
 – Et bien d'autres… Dites-moi, qui trouve-t-on à la tête des plus grandes institutions américaines ? Des Juifs ! Qui est le médecin qui a trouvé le remède pour guérir de la maladie de l'oubli. Un Juif. Ils sont absolument partout.
 – Billy Emman n'a jamais revendiqué sa judéité, voulut corriger Tommy.
 – Pourtant, c'en est bien un ! s'exclama-t-il.
 Mélina ne comprenait plus rien, mais l'exposé avait de quoi captiver une personne à l'imagination conspirationniste.
 - Et pour couronner le tout, l'Aneherbe avait en sa possession un bout de parchemin écrit de la main d'un rabbin.
 – Un document sur lequel figurait cette mention : « Le Juif doit être le dernier peuple à vivre sur Terre » rédigé par l'un de ces personnages fictifs des protocoles des Sages de Sion.
 – Il est cultivé l'ami.
 – Excusez- moi, mais quel est le message des Protocoles des Sages de Sion ? demanda Mélina.
 - Les Protocoles des Sages de Sion décrivent une réunion de rabbins issus des douze tribus d'Israël prenant tour à tour la parole dans le vieux cimetière de Prague pour annoncer un plan méthodique, rigoureusement articulé, de domination et de contrôle du monde, sortit Edmund Jung comme un robot.
 – Je pense que les Protocoles des Sages de Sion n'ont aucune valeur, rétorqua Tommy.
 – Fausse rumeur ou pas, je ne comprends toujours pas, continua Mélina.
Tommy, lui, avait déjà tout compris. Edmund se réjouissait de leur faire cette révélation. Il voulait voir les yeux de Mélina s'écarquiller de stupéfaction.
 – Mais si derrière le visage de ce magnifique Hermann Wirth - créateur de l'Aneherbe - se cachait en fait un Juif, lâcha-t-il sur un ton tellement brut qu'il pétrifia les membres de Mélina.

– Ça devait être un Juif converti alors, essaya-t-elle.
Edmund pouffa de rire.
– Non, personne ne se doutait de sa judéité justemment !
– Mais qu'est-ce que tu veux donc dire ?
Le visage du vétéran pivota vers Tommy.
– Notre invité a compris, n'est-ce pas.
– Qu'est-ce que tu as compris ? interrogea Mélina.
– Le national-socialisme a été mis en place par les Juifs, n'est-ce pas ? Ainsi que l'Islam et toutes ces organisations antisémites. Par conséquent, toutes ces expérimentations nazies ne profitent qu'aux Juifs. (Un silence).
Edmund jubilait. Mélina le regardait intensément. Tommy reprit :
– Et que tous ces humains implantés pour prévenir la maladie de l'oubli ne forment qu'une espèce de réseau informatique, orchestrés par les Juifs, pour engendrer l'holocauste final.

33.

4H 20

Aucun mot ne sortait de la bouche de Mélina, elle ne parvenait plus à l'ouvrir. Ce n'était pas d'aujourd'hui que l'on avait tenté de révisionner la Shoah, mais là, cela dépassait la conspiration. Le vieillard apporta deux sirops de groseille. Il guettait leurs réactions après cette information bien trop scandaleuse. Il fallait absolument qu'il argumente davantage : il n'avait pas encore terminé sur l'analyse de la Mona Lisa.

– Continue de nous raconter ton histoire, demanda Mélina, un peu calmée.

Tommy avala le contenu de son verre en une seule gorgée, Mélina ne toucha pas le sien.

– Un peuple qui veut se faire haïr est un peuple qui cache des choses. En se faisant détester par un côté de la planète, il se fait aimer d'un autre.

– Sur le territoire où on ne le persécute pas, il peut constituer un réseau pour créer un autre génocide, fit Tommy.

– Leonardo Da Vinci a représenté le venin juif sur ce tableau. Ils attendent depuis la nuit des temps cette maladie mentale qu'ils feront semblant de guérir grâce à l'informatique, mais c'est faux.

Les mots de la prophétie se reconstruisaient dans le cerveau de Tommy qui avait lu l'article la mentionnant. *Sous n'importe quelle forme, la maladie mentale des peuples ingrats sera certainement notre opportunité.* Quant à Mélina, elle se souvenait des paroles de Bastien Hélium qui lui avait précisé que le remède informatique se nommait, en coulisses, Mona Lisa.

– Ils veulent tous les tuer au nom d'une prophétie qui annonce que Le Juif doit être le dernier peuple à vivre sur Terre. Les fanatiques de Dieu ne sont pas les musulmans, insista Edmund. Ce sont les Juifs.

– Il faudra attendre l'opportunité la plus spectaculaire pour

créer cette dépopulation, continua Tommy.
– Et cette opportunité, c'est la maladie de l'oubli. La maladie mentale dont ils parlent dans l'article.
– À travers ce fameux réseau Mona Lisa créé par Billy Emman, un juif américain, continua Mélina. Mais ce n'est pas Billy Emman qui a mis au point le programme médical, fit-elle remarquer.
– Ce Juif de Billy Emman l'a volé à Shumarer. Un médecin nazi, Hermann Shaeffer, a écrit noir sur blanc pendant la Seconde Guerre mondiale que les neurones pourront être décryptés. Qu'il en existera d'autres. Il avait nommé son expérimentation MONA LISA comme le tableau qu'il adorait. Cette expérimentation n'a profité qu'à ceux qui ont créé ces scientifiques. Ce n'est pas de la négation. Je ne peux pas remettre en cause la Shoah, puisque je l'ai vécue de l'intérieur. Mais c'est eux qui ont créé les événements déclencheurs. C'est eux qui ont volontairement mené l'Allemagne à la défaite pendant la première guerre mondiale, qui ont fait dégringoler la bourse de 1929, qui ont écrit un coran antisémite.

Edmund Jung commença à s'essouffler. Ses yeux s'embuèrent.
– Et Magda Goebbels avait compris que le national-socialisme avait été fabriqué de toutes pièces par les Juifs, conclut Mélina.

Si l'on commence à réfléchir à l'objet de notre fascination, alors ça peut aboutir à un ravage.
- Oui !
– Et comment l'avait-elle compris ? questionna Tommy.
– En 1944, Magda Goebbels a voulu rejoindre la pension Résali, mais elle a été rejetée.
– Pourquoi l'aurait-on rejetée ?
– Pension Résali est une anagramme, comprit Tommy.
– Pension devient espion, fit le vétéran.
– Et Résali devient Israël, continua Tommy.
– Les espions israéliens, réalisa Mélina.
– Et les espions Israéliens ne la voulaient pas dans leur

cercle. Elle était tellement fan. Il ne fallait pas qu'elle apprenne que son fanatisme était en fait truqué. Tous les scientifiques adhéraient à Résali. L'agence ne se chargeait pas que de la propagande nazie. Hitler voulait absolument tout savoir sur les avancées médicales. Certains employés de Résali furent chargés de lui transmettre leurs rapports scientifiques. En même temps, l'agence les transmettait à ceux qui pensent que le monde leur appartient. Quelqu'un a dû parler à Magda Goebbels.

Il soupira longuement. Mélina repensa aux dires de Tommy sur les dons que percevait la Pension Resali. 900 000 euros se rappela-t-elle, pour financer des gens qui ont truqué la mémoire de leurs adeptes.

– Les nazis ont initié les prémisses du traitement de la maladie de l'oubli. Et ces Juifs l'ont utilisé pour parvenir à leur fin. La fin qu'ils ont décidés !

– Arrêtez avec cette intonation immonde que vous employez en prononçant le mot juif, ordonna Tommy.

- Mais c'est eux qui nous ont créés, hurla-t-il. C'est eux les monstres qui nous ont créés ! En mettant en place le plus grand génocide de l'histoire, le peuple juif a su sauvegarder son espèce pour l'holocauste final.

Un peuple qui veut constamment se faire mal aimer est un peuple qui cache des choses.

Edmund sortit un document qu'il avait soigneusement caché dans son buffet. Il le tendit à Mélina. Il s'agissait de la véritable lettre écrite par Magda Goebbels à destination de son fils aîné. La jeune femme la traduisit à haute voix.

Lettre de Magda Goebbels, à son fils, Harald.

Depuis six jours, nous sommes ici dans le bunker du Führer, Papa, tes six frères et sœurs et moi, pour mettre fin, de la plus honorable des façons qui soit, à notre vie nationale-socialiste. [...] Mais tout ce que j'ai connu, de plus noble et de plus beau,

n'est qu'un spectacle. J'ai l'impression qu'il se moque de moi. L'image que j'ai bâtie pour essayer de montrer que je suis une femme forte s'est effondrée aujourd'hui, je ne suis plus rien.
J'étais si fière du génie des médecins qui croyaient au national-socialisme ! Tout cela ne servira qu'à eux, qu'à ceux qui croient que le monde leur appartient.
Le monde qui va venir après le Führer et le national-socialisme, ne vaut plus la peine qu'on y vive.

    Mélina ne voulut pas continuer à traduire. Elle avait compris. Les larmes lui montèrent aux yeux.
–   Mais ils n'ont pas pu créer le Hezbollah, le Hamas, reprit Tommy.
–   Selon eux, le génocide perpétré à travers le nazisme pendant la Seconde Guerre mondiale a légitimé la création d'un État refuge en Palestine. Mais les Juifs savaient très bien que cette indépendance allait donner naissance à une opposition. Ce n'est qu'une succession d'événements déclencheurs. Dans chacune de ces organisations se trouve un espion formaté par l'État hébreu. Éva Braun en était une.
–   Pardon ? s'étonnèrent-ils.
–   Les espions israéliens sacrifient leur vie pour Israël. Avant 1948 il n'y avait pas d'État. Mais il y avait bien des Juifs. Mélina y croyait mot pour mot. Tommy ne niait pas une certaine cohérence, le vieillard présentait les choses avec un tel accent de vérité !
–   Ils prennent le pouvoir sur tous les groupes islamistes en y intégrant un des leurs. Chaque fois qu'un islamiste croit les toucher en lançant une grenade sur leur territoire, les Juifs ne font que s'en amuser.
–   Mais vous n'allez tout de même pas insinuer que des millions de juifs complotent entre eux ? fit Tommy.
–   Mais non. C'est l'État d'Israël avec ses services de renseignements qui gère l'ordre mondial, celui qu'ils ont décidé

depuis cette fameuse soirée dans ce cimetière de Prague.
- Il y a seulement douze millions de personnes qui sont implantées.
- Non, il y en a trois milliards.

Le système nerveux de conspirationniste de Mélina était prêt à exploser.
- Mais les Juifs ne représentent que quatorze millions d'individus ! voulut corriger Tommy.
- Les Juifs considèrent le musulman comme appartenant à la même religion, rétorqua Edmund.
- Puisqu'ils les ont créés ?
- Pas tout à fait. La religion chrétienne englobe les catholiques, les protestants, les anglicans. Toutes les religions prennent leur source dans celle des Juifs. Ce sont les Juifs hellénisés qui sont à l'origine de l'Ancien Testament par exemple. Pour faire court, l'État hébreu pense donc que les musulmans appartiennent à sa religion.

Ils hochèrent la tête sans conviction. C'était une information à vérifier pour Tommy.
- Vous pensez que la Torah est le Coran ? demanda t-il.
- Non, je ne crois pas. Après que l'apôtre de Mahomet – ce dernier étant illettré – eut écrit le Coran, on leur vola ce document avant de les tuer. Une sorte de guerre s'ensuivit puis les Juifs leur restituèrent. Sauf qu'il s'agissait d'un faux Coran.
- Dans lequel ils insistent sur l'antisémitisme, continua Tommy. Le vieillard hocha la tête.
- Comment tous ces gens vont-ils mourir ? s'inquiéta Mélina.
- En lançant une attaque informatique à distance à travers le réseau Mona Lisa constitué uniquement d'êtres humains.

Mélina regarda Tommy.
- C'est très possible, concéda Tommy.
- Tous ces gens sont semblables à des ordinateurs connectés sur le même réseau. Il suffit de lancer un ver informatique écrit en langage de programmation ML+.

- Et que fera ce ver informatique ?
- Il demande aux neurones artificiels de tuer tous les autres, exactement comme l'AZ-4.
- Une mort cérébrale.
- Mais ça relève du délire total ! C'est insensé, s'insurgea Mélina.
- Vous savez ce qu'il fait, en plus de tout ça dans sa clinique ? (Il laisse un silence s'installer avant de continuer). Après la destruction du tiers de la planète par le grand scientifique, les pensées des autres humains pourront être suivies et sauvegardées. Voilà ce qu'il appelle le réseau Mona Lisa II.
- On ne peut pas faire ça. On ne peut pas toucher à l'intégrité d'un humain ! Et son intégrité, ce sont les souvenirs.
- Ils sont prêts à tout. Et nous, nous pouvons éviter cette tragédie.
- De quelle manière ?
- Il me faut la fille pour corriger les failles du système. Les failles qui permmettent de lancer ce ver informatique. L'implant de la petite conserve le fichier où est écrit le programme en langage ML+.
- Et alors ?
- Il suffit juste de corriger une partie du programme pour pallier les failles. Shumarer en aurait largement été capable s'il n'avait pas été tué.
- Mais pourquoi ne peut-on pas réécrire le programme ?
- Impossible. C'est un programme d'une complexité extrême qui fut écrit par un génie. Et je suis persuadé qu'on va bientôt retrouver cette fille.

Un instant plus tard, Edmund Jung alluma la télévision. Le journaliste annonça la réapparition d'une jeune fille qui avait disparu plus tôt dans la soirée.

Le vieillard se retourna vers eux, le visage grave.

- C'est notre seule chance.

34.

3H 12

Billy Emman attendait Eddy au sous-sol de sa clinique, un revolver entre les mains. Il n'aimait pas ce genre de jouet, il préférait nettement l'utilisation de ses produits médicaux pour soumettre ses proies. Il se sentait tellement mal à l'aise dans ce costume de meurtrier qu'il en transpirait.
Emman fronça les sourcils.
– Où est la fille ? demanda-t-il en articulant bien chaque mot.
– Vous avez voulu me tuer !
– J'ai l'argent dans cette valise, vous pouvez vérifier.
– Pourquoi avoir voulu me tuer ? insista Eddy.
Billy resta silencieux.
– Un de plus ou un de moins, n'est-ce pas ?
– Je ne suis pas responsable de votre propension à mal interpréter les choses, lança Emman. Toute cette affaire ne vous regarde plus. Et de toute façon, vous ne risquez rien, puisque vous n'êtes pas implanté.
Eddy ouvrit la mallette sans lâcher le professeur du regard. Elle contenait de l'argent. Le visage de celui qui était la cause de nombreux attentat en seulement quelques heures s'éblouissait. Comme si ce paquet de feuille entassées était la lumière enfin visible après des kilomètres à courir dans le noir d'un tunnel interminable.
– Il faut savoir faire table rase de tout ce qu'on a vécu dans la vie. Vous êtes jeune. Ça ne sert à rien de s'acharner contre moi.
– C'est à cause de vous que Flora Jung a tué tous ses enfants, reprocha Eddy.
– Ah le fanatisme, le fanatisme, ça peut allait loin ! C'est

à cause de votre folie conspirationniste, que j'ai fait tuer cette pauvre Sheila aussi. Vous la connaissiez, je crois ? (Un silence). J'ai également supprimé un enfant. Moi aussi, j'ai envie de faire table rase. Mais pour cela, il faut se débarrasser de tous les virus humains que l'on trouve sur son passage. Or, vous êtes un virus. Vous me rendez cette fille, vous partez avec votre argent, ou je vous tue.
– Brave Billy Emman, souffla Eddy avant de s'éclipser.
Quelques minutes plus tard, il revint avec Helga endormie dans ses bras. Le professeur Billy Emman l'emporta dans la chambre 4519 et l'enferma dans une cage.

Tommy conduisait en gardant un silence glacial – tout comme Mélina. Il ne cherchait plus trop à alimenter sa méfiance envers la théorie du complot – même si cette affaire était hors norme. Mais il fallait se résigner, ça pouvait être tout à fait possible. Certains scientifiques avaient prédit que l'informatique allait tôt ou tard tuer l'être humain ! Sans rien y voir, l'humanité avait avancé dans un monde de science-fiction, dans un monde ou l'informatique régnerait, même pour soigner les gens – et finir par les détruire.
Tommy était anxieux, mais de toute façon, le programme de cette soirée se résumait à arracher la petite Helga à des gens potentiellement monstrueux pour la garder en lieu sûr pendant le restant de sa vie. Si tant est que le manoir fût ce refuge. Il aurait plutôt tendance à ouvrir un esprit paranormal à un enfant, pensa Tommy.
Une fois caché dans cette propriété, Tommy ne porterait plus la responsabilité de quoi que ce soit. Et il y comptait bien ! Même s'il ne menait pas une vie sociale très riche en dehors de son travail, il n'était pas du genre à penser que la prison était un lieu adapté pour écrire des logiciels informatiques en toute tranquillité.
Il pensa aux différentes possibilités funestes qui pourraient découler de ses actes.

- Une fois l'enfant extirpée de cette immonde clinique, ils seraient directement pourchassés par le Mossad (en admettant la thèse du vétéran), puisque Helga restait la seule arme permettant à l'État d'Israël de lancer un ver informatique sur tout le réseau Mona Lisa.
- On pourrait les poursuivre tous les deux pour cinq infanticides. L'enquête conclurait que Flora Jung s'était suicidée après avoir découvert que deux cinglés avaient drogué ses enfants. Pas très probable, mais comme la justice française avait, à plusieurs reprises, montré ses faiblesses, cette éventualité se défendait.
- Dernière possibilité : l'ancien nazi avait menti à Mélina pour une raison encore inconnue. Il n'était qu'un formidable conteur, amoureux des conspirations ne cherchant qu'à récupérer cette fille pour l'élever. Peut-être pour se racheter de l'échec de l'éducation qu'il lui avait donnée ? D'autant qu'avec cette excellente forme physique, il pourrait encore vivre une vingtaine d'années.

Tommy espérait surtout que les choses se passent bien. Il ne croyait pas à 100 % à la théorie du complot, mais il flairait quelque chose de malsain avec cette maladie de l'oubli et ces implants. De toute façon, Mélina ne reculerait pas. Il fallait encore la suivre.

35.

Mélina trouva son dossier médical dans le coffre-fort du docteur Billy Emman, au troisième étage de la clinique, dans le bureau 802. Après s'être assise, elle le feuilleta consciencieusement. Il était bien mentionné qu'il s'agissait d'une patiente de sept ans atteinte de la maladie de l'oubli opéré par le docteur Billy Emman. Mais la petite Mélina Gigarri n'était pas un patient comme les autres.

Elle lut :
Mélina Gigarri. Opérée le 11 septembre 1997. Opération

réussie. À confirmer. Conclusion : le programme Mona Lisa est en bonne voie.

Elle regarda sa photo en troisième page. C'était bien le même regard. La même physionomie. Elle avait servi de cobaye pour une expérimentation à visée meurtrière. Mais elle comprit aussi qu'on l'avait diagnostiquée de la maladie de l'oubli.

– Mélina Gigarri.

Elle reconnut la voix rauque de son bourreau, le docteur Billy Emman. Elle prit une seringue de sédatif qui se trouvait sur la table.

– Ne vous approchez pas de moi, ordonna-t-elle sans le lâcher du regard comme si elle était en présence d'un meurtrier des plus connus au monde...

– Qu'est-ce que vous cherchez ?

– J'ai été le cobaye d'une expérimentation nazie.

Il observa un silence et son regard pivota vers le dossier médical ouvert.

– Vous avez été le cobaye qui a permis à des millions de personnes de se préserver de la pire des maladies qui puisse exister. Ce n'est pas de ma faute si une idée d'expérimentation nazie permet aujourd'hui de guérir des millions de gens.

– Des milliards de personnes.

Le docteur fut surpris par cette précision. Sur le site Worldometers, un internaute pouvait connaître exactement le nombre de personnes ayant subi l'opération depuis le début du lancement. Or, seule la clinique contrôlait cette rubrique, et elle n'affichait, en ce 2 février 2020, que douze millions d'implantés.

– Ce n'est pas non plus de ma faute si tant de gens veulent se préserver de la maladie. Nous ne pouvons pas vivre sans souvenirs ! Au nom de quoi affirmeriez-vous le contraire ?

– On ne peut pas diagnostiquer cette maladie sur un enfant.

– Bien sûr que si ! rétorqua-t-il. Nous les opérons dès le plus jeune âge pour qu'ils ne connaissent jamais la maladie.

Elle était persuadée que cette vipère de Billy Emman cherchait à s'introduire dans son cerveau pour l'embobiner. Il fallait le

piquer à vif en allant droit au but.
- Vous travaillez pour l'État d'Israël.
Qu'est-ce qu'elle raconte ? se demanda-t-il.
- J'ai des origines juives, affirma-t-il. Je ne sais pas ce que l'on a bien pu te raconter, chère jeune femme.
- Vous voulez tuer des millions de personnes en lançant une attaque informatique sur tout le réseau Mona Lisa.
Hein ?
- Vous avez beaucoup d'imagination jeune femme.
- Je sais très bien que les Juifs ont provoqué l'holocauste de leur propre peuple il y quatre-vingt ans.
Billy se retint de pouffer de rire.
- C'est ridicule.
- Ça n'a rien de ridicule...
- Dans quel but ? demanda-t-il.
- Pour sauvegarder votre espèce, lança-t-elle.
- Vous êtes un cas très intéressant pour la psychiatrie. Rare même. Les fous ont toujours une imagination débordante. J'avoue qu'il s'agit là d'une forme de mythomanie historique que je n'ai jamais rencontrée.
- Je sais que cette fille est très précieuse pour vous, continua-t-elle. Elle a résisté à l'AZ-4 parce que rien ne peut dérégler son implant. Et vous savez très bien pourquoi !
Billy comprit que pour la deuxième fois de cette soirée, son traitement médical courait un danger.
- Elle détient le programme Mona Lisa que je n'ai pas la capacité de réécrire, avoua Billy. Et il faut que je corrige toutes les failles afin que personne ne puisse nuire au réseau.
- Je sais très bien que les ratés de l'opération de la maladie de l'oubli deviennent des sujets d'expérimentations pour le Hezbollah.
- Le Hezbollah maintenant...
Elle continuait de parler sans prendre en compte les arguments du professeur Emman.
- Et tous ces partis de Dieu qui vous financent.

Cette fois-ci, Billy ne se retint pas de pouffer de rire, mais reprit très vite son sérieux.

– Il est vrai que j'ai fait des erreurs dans ma vie en vendant des patients à des scientifiques que je croyais honnêtes. Mais j'ai changé.

Elle ne parvenait pas à le lâcher du regard. Il ne manquait pas grand-chose pour qu'elle appuie sur la détente.

– Si j'ai bien compris, les Juifs sont des ordures qui veulent conquérir la planète ?

– Je veux Helga, ordonna-t-elle.

– Pour quoi faire ?

– Pour la protéger de tes mains immondes. Tu as violé mon esprit quand je n'étais encore qu'une gamine. Tu n'as aucun scrupule.

– Je ne pourrai plus jamais guérir personne sans cette enfant. Pire encore, le réseau peut être menacé. Et c'est un réseau humain.

– Oui, un réseau humain, répéta-t-elle.

Mélina s'approcha de lui et le plaqua contre le mur sans lui laisser le temps de se débattre. Ses lunettes tombèrent à terre.

– C'est la condamnation à mort pour tous ces malades ! s'exclama-t-il.

Elle prit son BlackBerry 20 et ouvrit un livre numérique : le serment du scientifique.

– Lisez-ça devant moi.

Dans un premier temps, Billy ne sembla pas vouloir obéir, mais elle tira un coup sur la baie vitrée qui ne provoqua qu'un léger impact, le verre étant très résistant. Billy, les larmes aux yeux, commença à lire :

– *Au moment d'exercer la médecine, je promets et je jure d'être fidèle aux lois de l'honneur et de la probité. Mon premier souci sera de rétablir, de préserver ou de promouvoir la santé dans tous ses éléments, physiques et mentaux, individuels et sociaux. Je respecterai toutes les personnes, leur autonomie et leur volonté, sans aucune discrimination selon leur état ou*

leurs convictions. J'interviendrai pour les protéger si elles sont affaiblies, vulnérables ou menacées dans leur intégrité ou leur dignité.
- Dans leur intégrité ou leur dignité, répéta-t-elle. Continuez, cria-t-elle.
- *Même sous la contrainte, je ne ferai pas usage de mes connaissances contre les lois de l'humanité.*
Billy pleurait de plus en plus. C'était une vraie torture mentale que de lire ce serment qu'il n'avait jamais respecté.
- Continuez.
- *J'informerai les patients des décisions envisagées, de leurs raisons et de leurs conséquences. Je ne tromperai jamais leur confiance et n'exploiterai pas le pouvoir hérité des circonstances pour forcer les consciences. Je donnerai mes soins à l'indigent et à quiconque me le demandera. Je ne me laisserai pas influencer par la soif du gain ou la recherche de la gloire. Admis dans l'intimité des personnes, je tairai les secrets qui me seront confiés. Reçu à l'intérieur des maisons, je respecterai les secrets des foyers et ma conduite ne servira pas à corrompre les mœurs. Je ferai tout pour soulager les souffrances. Je ne prolongerai pas abusivement les agonies. Je ne provoquerai jamais la mort délibérément. Je préserverai l'indépendance nécessaire à l'accomplissement de ma mission. Je n'entreprendrai rien qui dépasse mes compétences. Je les entretiendrai et les perfectionnerai pour assurer au mieux les services qui me seront demandés. J'apporterai mon aide à mes confrères ainsi qu'à leur famille dans l'adversité.*
- Que les hommes et mes confrères m'accordent leur estime si je suis fidèle à mes promesses, que je sois déshonoré ou méprisé si j'y manque, termina Mélina.
Elle tira une balle dans le ventre du professeur Emman. Il s'écroula à terre, les yeux grands ouverts, comme s'il quittait cette terre en laissant son œuvre inachevée. Après son geste, Mélina ne ressentit aucune émotion. Ce soir, tuer devenait presque quelque chose de normal.

Elle descendit jusqu'au deuxième étage où se trouvait Tommy.
– Je n'ai pas l'enfant, annonça-t-il.
Elle tapa le code pour ouvrir la porte 4519. Elle découvrit Helga enfermée dans une cage en acier, le teint plus blanc qu'un linge. Après avoir ouvert la porte, elle prit l'enfant dans ses bras. Elle n'avait pas envie de la cajoler ; ce manque d'empathie troubla Tommy. Ils sortirent de la salle, se dirigèrent vers la voiture. Elle plaça l'enfant à la place du milieu sur la banquette arrière et l'attacha.

36.

À sept heures du matin, Tommy déposa Mélina et Helga devant le manoir Alcôve. Le vétéran regardait par la fenêtre, comme pressé de voir la jeune fille.
- Je dois faire quelque chose, prévint Tommy.
- Je préférerais que tu restes là, avoua Mélina.
- Je reviens dans quelques heures.
- Dans quelques heures ? Je n'ai pas forcément confiance dans le savoir-faire informatique du vieillard. J'aurais préféré que tu restes là, au cas où les choses tourneraient mal.
- Dis-lui d'attendre un peu avant d'entreprendre quoi que ce soir sur l'enfant.

Mélina hocha la tête. Elle le regarda un instant et se résigna à lâcher une phrase qu'elle n'avait pas prononcée depuis... en fait... une phrase qu'elle n'avait jamais prononcée.
- Je t'aime Tommy.

À cet aveu le visage de Tommy demeura totalement inexpressif. Il avait très bien compris qu'il s'agissait juste d'un « je t'aime » d'amitié.

Mélina ferma la portière de la voiture. Tommy s'en alla.

Ils entrèrent dans le manoir, la gamine se jeta dans les bras du vieillard, ce qui faillit le faire tomber en arrière. Mélina en fut surprise. Même si Helga affichait une intelligence au-dessus de la moyenne, elle ne restait qu'une enfant. Alors Gigarri aurait plutôt cru que la petite rechignerait les bras de ce papy. Au contraire, on aurait dit qu'elle se sentait en sécurité dans ses bras.

Elle reprit Helga.
- Il faut que j'aille l'habiller, indiqua-t-elle.

Le vétéran accepta. Helga avait la tête sur l'épaule de Mélina et ne lâcha pas des yeux Edmund. Maintenant qu'elle eut disparu de la pièce, Jung prit un verre dans le placard et se versa du cognac. Puis il partit dans le salon et contempla, son verre à la main, le tableau de la famille paysanne de Kalenberg, comme si c'était la dernière fois. Il resta un long moment immobile, prit une dernière gorgée de cognac et posa le verre sur la table.

Il se dirigea ensuite vers un escalier escarpé qui le mena à une chambre. À l'intérieur une alcôve renfermait un PC ML++ et tout l'attirail médical comme une salle d'opération. Le vétéran installa une chaise au milieu de la pièce et alluma l'ordinateur.

37.

Une demi-heure plus tard, Tommy se trouvait à la Bibliothèque Nationale de France.

Il quitta le parking et gagna le parvis. Ça faisait un moment qu'il n'était pas retourné là où des années auparavant, il venait étudier pendant de longues heures. Il passa l'entrée, vida ses poches pour franchir le portique de sécurité.

Fabien l'attendait. Il venait de contacter son ancien camarade qu'il avait connu à l'université, non pas dans un cursus d'informatique, mais d'histoire. Ils présentaient tous les deux une ressemblance assez étrange qui venait surtout du fait qu'ils portaient une barbe de trois jours et des lunettes carrées aux branches noires. Fabien, devenu doctorant d'histoire renommé en région parisienne, lui parlerait facilement du national-socialisme.

Ils prirent un petit café à la cafétéria en discutant de leur vie respective. La conversation arriva très vite à l'essentiel.

— Je m'intéresse un peu à l'informatique de la Seconde Guerre mondiale, fit Tommy après avoir raconté sa dernière conquête féminine, qui n'était autre que Mélina.

Il avait bien sûr inventé un mensonge sur les circonstances dans lesquelles il avait attiré Mélina dans sa Mitsubishi pour la baiser. Ces anecdotes-là avaient la vertu de rendre une conversation, entre mecs, beaucoup plus agréable. Mais dès qu'on parla d'histoire, Fabien devint tout à coup très sérieux.

— Ce n'est pas un domaine que l'historien étudie beaucoup, précisa Fabien.

– J'imagine.

Tommy voulait rappeler les notions du complot mises en avant par Edmund Jung, mais ce n'était pas une bonne idée, alors il questionna :

– Je vais commencer par une notion plus académique. L'Aneherbe a prouvé que le Juif était une race inférieure, n'est-ce pas ?

– Pas exactement. À travers des recherches archéologiques, L'Aneherbe a voulu prouver que la race aryenne était supérieure. Ce qui est légèrement différent, puisqu'ils prouvent qu'ils sont supérieurs tout en étant incapables de prouver que l'autre race est inférieure. Nous n'avons encore jamais découvert de rapports scientifiques sur l'infériorité biologique du peuple juif. Il y avait bien une comparaison certaine entre les Aryens et les Juifs, mais ça ne relevait pas de quelque chose de scientifique, ça relevait d'une idéologie.

Ce n'est pas vraiment ce qu'Edmund Jung m'a dit, pensa Tommy.

– Beaucoup de choses entrent en ligne de compte dans la solution finale, continua Fabien. Les Juifs sont accusés d'avoir mené l'Allemagne à la défaite lors de la Première Guerre mondiale. Ils sont aussi soupçonnés d'avoir comploté dans le but de contrôler les finances du monde.

– La crise de 1929...

– Oui.

– Il n'y a donc pas que le sujet de la race dans cette histoire. C'est aussi une question de vengeance contre un peuple mal intentionné qui s'est implanté sur le territoire allemand, donc responsable de sa déchéance. La question de la race reste quand même des plus certaines dans cette œuvre.

– Qu'est-ce que tu peux me dire sur les expérimentations médicales nazies ?

– Les médecins nazis ont tous été influencés par l'idéologie raciale, répondit-il aussitôt.

Tommy hocha la tête. Il avait entendu cette argumentation

tellement de fois pendant cette soirée que cet élément resterait gravé sur son disque dur biologique pour l'éternité.

— Donc ces gens-là n'avaient aucun scrupule pour pratiquer des choses immondes sur les races considérées comme inférieures, continua Tommy sur un ton d'élève qui avait bien appris sa leçon.

— Effectivement, ils ont pratiqué des expériences telles que des amputations à vif, des ponctions du foie sans aucune hésitation ni remords.

Tommy avala sa salive.

— Avec ce fameux AZ-4…

— L'AZ-4 est un produit médical horrible qui n'était pas destiné à apaiser les douleurs, rappela Fabien.

— Mais ça rendait résistant, continua Tommy.

Fabien acquiesça de la tête.

— Imagine une douleur puissance 1000 sans aucun traitement apaisant. Seule la mort pouvait te soulager. Or, ils empêchaient volontairement cette fin qui délivrait.

Tommy crut un moment que Fabien jubilait, mais cette réaction n'était due qu'au fait que ces événements médicaux paraissent tellement inimaginables que l'être humain a plutôt tendance à les classer dans la catégorie « fiction ». Et ce genre de truc nazi ressemblait plutôt à un film d'horreur. D'où la jubilation.

— C'était affreux, sortit Tommy.

— C'est aussi cet AZ-4 qui a tué tous ces gens pendant ces trois dernières années, rappela Fabien en fronçant les sourcils.

— Nous y voilà. C'est plutôt le cerveau qui m'intéresse. Est-ce que tu as entendu parler du traitement Mona Lisa ?

— Pardon ?

— Le traitement Mona Lisa, une expérimentation nazie, est utilisé aujourd'hui pour soigner la maladie de l'oubli. Et l'AZ-4 est utilisé pendant l'opération.

— Ah bon ? s'étonna-t-il. J'ai donc le résultat d'une expérimentation nazie dans mon cerveau.

Des frissons parcoururent le corps de Tommy. Selon la théorie

d'Edmund Jung, Fabien aurait été à l'article de la mort s'il n'avait pas arraché la petite Helga des murs de cette clinique.
– Qu'est-ce qui t'arrive ? demanda-t-il en découvrant le teint de peau du visage de Tommy qui virait à la pâleur cadavérique.
Tommy engloutit le verre en cinq secondes et se secoua la tête pour reprendre ses esprits.
– Excuse-moi. Depuis quand ?
– Trois ans.
– Mais tu étais atteint de la maladie ?
– Non, j'ai été considéré à risque. Il ne s'agit que d'une prévention.
– Sur quels critères nous déclarent-ils à risque ? questionna Tommy.
– Je ne sais pas. Ils m'ont juste dit que j'étais concerné.
Cette dernière révélation démontrait l'absurdité dans la mise en place de cet implant.
– Mais il y a bien eu un rapport où étaient mentionnées noir sur blanc les raisons médicales qui ont prouvé ton risque ? Tes ascendants étaient-ils atteints de cette maladie ?
Il fit non de la tête.
– Tout se passe bien depuis que je suis implanté. Pourquoi tu me poses toutes ces questions ?
Cette information appuyait malheureusement la théorie du complot juif, mais peut-être que Fabien ne se souvenait plus vraiment du détail de son diagnostic ? Tommy ne voulait surtout pas susciter chez son ami le moindre doute sur le caractère diabolique de ces implantations. Il devait cependant continuer à l'interroger sur la Seconde Guerre mondiale.
– Mais je n'ai jamais trouvé une quelconque corrélation entre ce traitement et le national-socialisme, nota Fabien avant que Tommy ne pose une énième question.
– Avec ce traitement, nous sommes au plus proche de l'accouplement entre l'homme et l'informatique, continua Tommy. Les nazis ont toujours rêvé de prendre le contrôle

mental.

Le logiciel déductif du cerveau de Fabien venait de comprendre le résultat final de la thèse que Tommy venait de lui exposer.

– Tu veux dire que ce traitement permet également de prendre le contrôle sur nos cerveaux ?

Fabien pouffa de rire.

– Mais c'est n'importe quoi ! s'esclaffa-t-il. Moi aussi j'ai regardé les ratés de l'opération sur YouTube. Personne n'a pris le contrôle sur leur cerveau. C'est un organe délicat, si le chirurgien fait une erreur, le patient peut être paralysé, fou. Mais les chirurgiens sont des humains. Et l'erreur est humaine. N'exagère pas, ce n'est qu'un traitement.

Fabien ne comprenait vraiment rien. Le « contrôle » dont parlait Tommy était bien pire.

– Oui, mais l'idée est apparue pendant la Seconde Guerre mondiale. Ce Herman Shaeffer avait noté noir sur blanc que l'informatique permettrait un jour de décrypter les informations des réseaux neuronaux.

Fabien ne voulut même pas prendre la peine de répondre à ce qu'il considérait comme du n'importe quoi et poursuivit :

– Et tu sais qui est Hermann ?

– Non, qui est-ce ?

Une nouvelle fois, Fabien ne répondit pas et enchaîna.

– J'ai effectivement lu quelque part qu'un soi-disant médecin nazi a écrit ce que tu viens de décrire. Je veux bien croire que l'idée de cet implant a jailli dans sa tête de toubib imaginatif pendant la Seconde Guerre mondiale. (Il ne put s'empêcher de rire).

Tommy se mélangeait. Il avait de plus en plus l'impression de poser des questions absurdes et passa du coq à l'âne.

– Est-ce que tu penses que le génocide a vraiment eu lieu ?

Le visage de Fabien s'assombrit.

– C'est le genre de conversation qui déplaît énormément à un historien. Je lutte tous les jours contre le négationnisme pour éviter qu'un autre génocide de cette ampleur ne réapparaisse. Les

complots de ce genre nuisent à l'histoire. C'est hyper dangereux pour les générations futures. Ils ne pourront plus démêler le vrai du faux, et ils oublieront !
– Mais comment les officiers dans les camps de concentration auraient-ils pu s'approcher de corps hyper-cyanurés sans être eux-mêmes asphyxiés ?
– Je l'ai lu ce foutu livre d'Edmund Jung. Du n'importe quoi ! La vérité, c'est que six millions de personnes ont trouvé la mort.
– Les Juifs ont peut-être organisé leur propre destruction ?
Là, c'en était trop. Fabien se leva.
– Des fanatiques ont déjà parlé de ce genre de complot. C'est détestable. Maintenant si tu crois en ce vieux Jung, tu es foutu. Mais rien ne t'empêche de faire des recherches sur lui dans la salle d'histoire. Tu verras quel genre d'homme il était vraiment. Tout ce qu'il a fait est passé inaperçu.
– Qu'est-ce qu'il a fait ?
– Je n'ai pas le temps. À bientôt Tommy.
Perplexe, Tommy siffla un deuxième expresso avant de gagner la salle d'histoire de la Bibliothèque Nationale de France.

38.

9h 30 : Mélina but un café dans la cuisine du manoir Alcôve. Elle se dirigea ensuite dans le salon, reprit le journal intime qu'Edmund lui avait offert vingt ans plus tôt et s'assit.

Rien que des pages blanches... Elle n'avait jamais pris la peine d'y écrire le moindre mot.

Des images lui revenaient comme des flashes : son propre corps servant de cobaye à ce juif de Billy Emman. Pourtant, une incohérence graphique subsistait toujours dans ses souvenirs, comme s'il s'agissait du fruit de son imagination.

Les souvenirs lointains sont comme les rêves, construits avec l'imagination, se souvint-elle.

Edmund entra dans le salon. « Savait-il vraiment corriger les failles du système Mona Lisa ? » se demanda Mélina.

– Tu as été très courageuse cette nuit, la félicita-t-il. Un petit sourire de fierté se dessina sur son visage, mais s'éteignit rapidement pour laisser place à un regard grave.

Mélina quoique gênée, ne détourna pas son regard. Elle aperçut quelques touches vertes dans les yeux bleus du vétéran qui commencèrent à lui faire peur.

– Qu'est-ce que tu vas faire exactement avec cette fille ? demanda-t-elle.

– La même chose que j'ai faite avec toi. La protéger.

Il se dirigea vers le buffet et ressortit la machine Enigma sur lequel il tapa le code.

0000110000. Une fois décrypté, il donna le message suivant : MONA LISA.

– C'était donc bien une expérimentation nazie, lâcha-t-elle.

Cela ne prouvait absolument rien. Edmund Jung avait très bien pu coder ce message lui-même. Même si elle se montrait de plus en plus méfiante, elle ne fit aucune remarque sur ce décryptage et continua :

– Si cette expérimentation était tombée entre de bonnes mains, elle aurait pu guérir des millions de gens pour l'éternité, regretta-t-elle, d'un ton désespéré.
– Ça les a guéris, mais il se trouve toujours quelqu'un pour pointer les failles d'un bon traitement.
– Qui devait lancer l'attaque ? continua-t-elle à questionner.
– Je t'ai dit que cette opération était programmée depuis des milliers d'années par les Juifs, s'énerva presque Edmund.

À cet instant, elle se rendit compte que personne n'avait jamais évoqué l'attaque informatique devant elle, à part ce vieil homme.
– Mais je n'ai pas trouvé trace d'un tel programme à visée génocidaire, quand j'ai fouillé dans cette clinique !
– Tu as bien trouvé que tu avais servi de cobaye...
– Oui, euh, mais comment le sais-tu ?
– Je te rappelle que je t'ai recueillie, et que je connais ton passé (il parlait sur un ton proche de l'insulte). Il faut s'atteler à corriger les failles du programme maintenant.
– L'enfant est encore trop faible, lança Mélina. Et je préférerais qu'on attende Tommy.

Edmund lui lança un petit sourire hypocrite.
– Qu'est-ce qu'il a été faire ton petit Tommy ? demanda-t-il, d'un ton soudainement très calme.
– J'en sais rien.
– Et tu crois vraiment qu'il va revenir ? J'ai tout de suite vu ce que valait ce genre d'homme.
– C'est quelqu'un de très bien, rétorqua-t-elle.

On avait l'impression qu'il s'impatientait.
– Il y a autre chose que j'aimerais savoir, persista Mélina. L'État hébreu recherche bien tous les criminels nazis ? Parce que les nazis ne sont pas censés savoir qu'ils ont été créés par les Juifs...
– Et alors ?
– Tu étais un nazi.
– J'ai toujours réussi à me cacher, répondit sèchement Edmund.

- Tu as écrit un livre sous ton nom, rappela-t-elle.

Il hocha la tête.
- Mais il n'y a été édité qu'en région parisienne.
- Tu étais protégé par Flora Jung, n'est-ce pas ? Elle connaissait beaucoup de monde. Et c'est grâce à son réseau que tu as pu vivre paisiblement et adopter des enfants.
- En quelque sorte. Faut-il avoir honte de vouloir protéger sa vie ?

Il fallait qu'il trouve un autre argument pour qu'elle cesse de réfléchir quelques minutes.
- Tu te souviens de la salle de jeu au sous-sol ? Tu avais mis le feu à toutes les peluches.
- Je ne m'en souviens pas, répondit séchement Mélina.
- Pourtant tu l'aimais beaucoup. Viens.

Mélina le suivit. Elle descendit les escaliers escarpés qui menaient à une pièce éclairée au fond du couloir.

En entrant, elle aperçut Helga endormie sur une chaise médicale. À peine eut-elle le temps de se retourner pour demander des explications au vétéran, qu'elle sentit une aiguille pénétrer douloureusement dans sa peau.

Mélina Gigarri s'écroula à terre.

Elle se réveilla lentement vingt minutes plus tard. Elle regarda Helga. L'enfant, toujours allongée sur le fauteuil médical, dormait paisiblement.

Edmund s'approcha de Mélina.
- Pauvre idiote !

On pouvait voir sur l'écran le rêve de l'enfant comme sur une caméra de surveillance. Edmund portait un masque de clown sur le visage. Elle se remémorait ce clown dans la foule la veille qui criait : le national-socialisme nous a tués, le national-socialisme nous a tués. Puis il enleva le masque.
- Mélina, quel joli prénom... sortit-il avec un sourire narquois.

Mélina était menottée et bâillonnée. Elle se débattait, sans

aucune chance de se libérer toute seule. Crier n'y ferait rien.
- Tu n'as jamais rien compris Mélina !
Elle le regarda d'un air furieux avec un mélange de perplexité. *Pourquoi fait-il ça ?*
- Trop d'intelligence tue l'intelligence, envoya-t-il.
Le vétéran se leva et lui administra une claque si forte que du sang jaillit de sa bouche.
- Pourquoi ? Qu'est-ce que j'ai fait ? Ce sont les questions qui jaillissent dans ton esprit, n'est-ce-pas ?
Mélina leva les yeux de manière à bien le regarder en face. Elle aurait dû se rendre compte que la vie l'avait transformé en monstre irréversible. Elle aurait dû comprendre qu'il avait été mordu, pendant la seconde guerre mondiale, par le virus nazi.
- Pourquoi ? demanda Mélina, d'une voix faible.
Il laissa un silence. *Elle ne comprendrait pas de toute façon.* Il lui mit une deuxième gifle. Une larme coula des yeux cuivrés de Mélina. Puis il la laissa pour retourner vers la jeune fille. Mélina se tourna dans sa direction.

Qu'est-ce que je dois comprendre ? Que veut-il faire avec elle ?

En fait, elle avait compris, mais il lui était impossible d'admettre que tout ce chemin l'avait menée dans une impasse. Et qu'elle ne pouvait plus faire demi-tour.

Il revint vers elle quelques minutes plus tard.
- Cette jeune fille m'appartient désormais, affirma-t-il.
- Pourquoi tu fais ça ? cria-t-elle.
Le vétéran avait le don d'esquiver les questions.
- Définition de la conspiration, Mélina : une conspiration est une entente secrète entre plusieurs personnes, en vue de renverser un pouvoir établi, ou une organisation en vue d'attenter à la vie d'une personne d'autorité. Voilà la définition de Wikipédia. Tu as vraiment cru que tout ce petit monde était à la solde du Mossad ? Tu as vraiment cru que le gouvernement complotait ? Tu as cru que tu pouvais donner une explication à l'instabilité du monde ? Le monde a toujours était instable.

Il laissa un court silence.

– Ce soir, ma petite Mélina, j'ai fait de toi une terroriste.
J'ai fait de toi une terroriste. Elle se répéta cette phrase trois fois.
– Et lorsqu'on voit un terroriste, il faut l'exterminer, ricana-t-il.
Son système nerveux essayait de détruire le virus de la vérité, mais il était plus fort.
– Mais il faut que je t'explique. Je suis l'auteur de cette conspiration, continua-t-il. Il m'a simplement fallu donner un rendez-vous à Flora Jung. C'est fou comme les nazis sont respectés dans le monde ! J'ai introduit cette clé USB dans son coffre-fort.
– C'était tellement cohérent, fit Mélina.
– En sachant très bien que tu n'abandonnerais pas cette affaire. Le dossier que tu as remis à Georges Béliec. (Il lâcha un petit rire moqueur). Tu n'avais pas tort, l'AZ-4 nouvelle génération provenait bien des sphères du néo-nazime. Il venait de moi ma petite Mélina. J'ai juste payé quelques individus pour qu'ils me ramènent un chargement de seringues provenant de cette grande clinique ; c'était si simple de le propager par l'intermédiaire de la jeunesse, qui, de plus en plus déboussolée, est à l'affût de tout ce qui peut rendre la vie un peu plus (il laisse un court silence, comme s'il réfléchissait à l'adjectif le mieux approprié) extraordinaire.

Mélina pleura.

– Tu étais tellement obsédée par cette conspiration que tu en es devenue naïve. Je savais que Tommy allait t'aider à ouvrir le contenu de cette clé ML+. Parce que cela fait des années que je t'espionne. Cela fait des années que j'avais programmé notre rencontre.

La carte-mère de la mémoire de Mélina allait atteindre ses limites.

– En découvrant que Flora Jung était une espionne à la solde du service de renseignements du Hezbollah, j'étais certain que tu allais continuer à enquêter. Et que ton enquête commencerait par notre rencontre.

Il ricana puis sortit un DVD d'une pochette et l'inséra dans le lecteur. Devant Mélina se tenait un écran sur une minuscule table. Edmund prit la télécommande et s'approcha de la commissaire prisonnière.

— Et cette bonne femme que tu as rencontrée dans cette maison de Philippe Ducroix, ressasse en boucle le même discours depuis qu'elle a été opérée de la maladie de l'oubli.

À travers l'écran, elle se forçait à regarder Héléna interviewée sur son lit d'hôpital. Celle que Tommy avait qualifiée de « monstre de l'enfer » répétait mot pour mot le même discours qu'elle avait tenu devant eux dans le sous-sol de la maison de Philippe Ducroix quelques heures auparavant.

39.

À la Bibliothèque Nationale de France, Tommy rechercha la moindre note sur Edmund Jung. Il tomba sur un article récent qui stipulait que le Mossad recherchait toujours un nazi du nom de Jung, mais il ne voulut pas, dans un premier temps, prendre en considération cette information. D'autant que le service de renseignements israélien était à l'affût de tout ce qui était nazi, en sachant très bien que c'était eux qui les avaient créés.
Il demanda plus de précision à l'hôtesse.
– Bonjour, Madame.
– Qu'est-ce que je peux faire pour vous ?
– Je recherche des documents sur Hermann… (il s'interrompit, comme si il avait senti quelque chose)
– Sur ?
Il voulut réitérer sa demande.
– Je recherche des documents sur Edmund Jung.
– Vous ne trouverez pas son livre négationniste ici, Monsieur.
– Je ne recherche absolument pas son livre, mais plutôt des documents historiques, je veux dire, des documents sur le rôle qu'il a joué pendant la Seconde Guerre mondiale. Il n'y a rien sur Internet ?
– Bien sûr qu'il n'y a rien sur Internet, s'énerva-t-elle. Les gens ne vont plus dans les bibliothèques. Il y a une thèse sur le sujet. Derrière vous.
Le dossier était tellement épais qu'il nécessiterait au moins deux jours de lecture. N'ayant pas le temps, il revint vers la femme en affichant un sourire commercial. Il avait peut-être une chance d'obtenir un résumé, puisqu'il n'y avait encore absolument personne dans cette grande salle d'histoire.
– Est-ce que vous l'avez lue ? demanda-t-il.
– Oui, il m'a fallu deux jours.

J'en étais sûr.
Le ton qu'elle employa signifiait bien qu'elle n'avait pas envie de mâcher le travail à un fainéant.
- Est-ce que je peux vous demander le résumé ?
- Je n'ai pas le temps. Et ça fait du bien de lire.
- J'ai un gros souci, Madame. Je suis en train de rédiger une thèse sur la seconde guerre mondiale avec pour sujet : les expérimentations nazies à travers le monde. J'ai presque terminé, sauf que je viens de découvrir ce personnage cette nuit... aujourd'hui... enfin hier.
- Je vois très bien que vous êtes en train de me mentir mon garçon. Et que vous n'avez aucune habitude de ce genre de lieu. Par conséquent, il est impossible que vous soyez thésard.

Tommy lui lança un sourire.
- J'avais l'habitude de ce genre de lieu il y a quelques années, se défendit-il.
- Je persiste à dire que je n'ai pas le temps, mais comme je trouve très charmant un homme qui ment, j'ai peut-être une solution.

Elle sortit la même thèse du placard.
- J'ai souligné tous les passages importants. Si vous êtes un bon lecteur, un quart d'heure vous suffira.
- Merci Madame.

Tommy alla s'asseoir et feuilleta le document. Elle avait souligné des passages expliquant qu'un médecin inconnu avait réussi à s'enfuir après le procès de Nuremberg.
- Qui est ce médecin inconnu ? cria-t-il.

La monitrice de salle soupira.
- Taisez-vous !
- Mais il y a personne. Et je vous ai posé une question...
- Le médecin inconnu s'appelait Hermann Shaeffer.
- Pourquoi le médecin inconnu alors ?
- On raconte que sa véritable identité a disparu en même temps que lui.
- Disparu ?

- Nous avons des dictionnaires si vous ne connaissez pas la définition du mot disparu, persifla-t-elle sans sourire.
- Très bien.
- Lisez un peu plus et vous trouverez son identité actuelle. Taisez-vous maintenant. Ne serait-ce que pour ne pas déranger les fantômes de la bibliothèque qui lisent en silence.

Comme un enfant, Tommy s'imagina les fantômes qui lisaient.

Il reprit rapidement son sérieux.

Avant de retrouver sa véritable identité, il lut que ledit médecin avait initié une expérimentation nommée Mona Lisa, son tableau préféré. Elle consistait à injecter une dose d'AZ-4 directement dans un organe, le cerveau, après avoir ouvert le crâne du cobaye. Celui-ci toujours éveillé, subissait ensuite une batterie de questions du genre : est-ce que tu as tué quelqu'un dans ta vie ? Quelle est ta véritable orientation sexuelle ?

Le patient répondait dans une langue inconnue. Comme si les informations contenues dans les réseaux neuronaux, étaient cryptées. À la suite de cette opération, le malheureux avait perdu tous ses neurones. Le scientifique en avait donc conclu que c'était lesdites cellules qui renfermaient les souvenirs. Même si cette conclusion ne s'avérait pas tout à fait juste, ce scientifique nazi avait fait preuve d'une certaine lucidité sur le fonctionnement de la matière grise.

Tommy y voyait là une corrélation avec l'analyse d'Edmund Jung, concernant le tableau de Mona Lisa, une femme, au mental déréglé, qui pouvait lire dans le cerveau de ses enfants.

Le scientifique se posait également des questions du genre : et si l'on greffait des cellules neuronales venues d'autres patients ?

Puis deux pages plus loin, Tommy remarqua que l'hôtesse avait entouré au stabilo une photo représentant tous les médecins sur le banc des accusés lors du procès de Nuremberg. Officiellement vingt. Sauf qu'une vingt-et-unième personne qui n'était pas mentionnée y figurait également.

- Le médecin inconnu a poursuivi son existence sous le

nom d'Edmund Jung ? s'écria Tommy.
- Oui, admit-elle. Il y a encore beaucoup de nazis qui continuent de vivre sans être traqués, regretta-t-elle sur un ton désespéré.
- Vous êtes sûre ?
- Il n'y a jamais rien de sûr. Il suffit de s'entourer de personnes compétentes. Des personnes qui ont le pouvoir de nous protéger.
Flora Jung, pensa Tommy.
- Il y a aussi une question de médiatisation, continua-t-elle.
- De médiatisation ?
- Un meurtrier qui n'est pas médiatisé ne va pas être détesté d'un peuple. Or, Edmund Jung ne l'était pas. Il a certes écrit un livre négationniste, mais il n'a pas dépassé les frontières de la France. (Elle laissa un silence). Vous savez, il y a fallu des années après la guerre pour que les horreurs nazies pénètrent peu à peu dans les mémoires, avec le théâtre, le cinéma, la littérature qui en ont beaucoup parlé.
- Où voulez-vous en venir ? demanda-t-il en fronçant les sourcils comme un élève avide d'apprendre.
- Tout cela pour vous dire que des choses horribles, pas forcément médiatisées, se passent chaque jour dans le monde. Elles passent donc presque inaperçues et ne sont pas stockées dans la mémoire collective. C'est le cas de l'œuvre d'Edmund Jung, en raison peut-être de son âge.
Si tu savais comment il est...
- Merci.

Tommy regarda intensément la photo : difficile de distinguer une quelconque ressemblance entre ce jeune apprenti médecin et le vieux vétéran, avec qui il avait bavardé une bonne partie de la nuit. Il voulait s'en assurer. Il prit une photo avec son smartphone en zoomant sur ce personnage et ouvrit son logiciel de vieillissement facial.

5 secondes.

Edmund Jung et Hermann Shaeffer : une seule et même personne…

Tommy déguerpit si rapidement qu'il en oublia son PC et son téléphone portable.

— Mais, vous avez…

L'hôtesse n'eut pas le temps de terminer son rappel qu'il était déjà loin.

Edmund Jung, véritable réincarnation du diable, faisait les cent pas autour de la jeune fille qui convulsait. Il lui avait administré une dose d'AZ-4 trop conséquente, mais il savait qu'elle ne lui causerait aucun mal.

Pas encore.

Mélina tenta une manipulation avec ses menottes, comme au cinéma. Mais elle n'était pas dans un film. Rien à faire. Elle se débattit tellement qu'elle en tomba à terre. Edmund sourit devant l'obstination de « sa petite Mélina ».

Il la releva. Elle se retint de lui cracher dessus, seulement parce qu'elle détestait ce geste.

— La vérité provoque toujours un choc profond quand elle nous arrive dessus. Que croyais-tu être Mélina, à part une petite gamine rebelle ? Oh, un homme m'a peut-être tripotée dans mon enfance alors je n'arrive plus à vivre ! Pauvre idiote. C'est toi-même qui as créé ton traumatisme. Sans le professeur Billy Emman, tu ne serais plus en vie aujourd'hui. Il t'a guérie comme il a guéri cette petite.

Mais je l'ai tué !

— Le professeur Billy Emman était un homme très bien. Tu as découvert qu'il avait tué des enfants. Et alors ? Il y a toujours des morts dans une expérimentation. Il en faut. Tu as aussi compris qu'il avait tué le vrai programmateur du traitement Mona Lisa. C'était simplement quelqu'un de très ambitieux qui ne projetait pas de tuer toute l'humanité.

Il s'approcha encore plus de la tête de Mélina à tel point que

ses yeux, à deux centimètres de la jeune femme, la touchaient presque. Il déclara :
- Ça, c'est le projet des nazis.
Il observa un silence.
- Tu viens de tuer un homme innocent qui s'est battu toute la nuit pour protéger le traitement.
- Tu es un monstre, parvint-elle à sortir.
- J'ai effectivement causé beaucoup de souffrance grâce au national-socialisme ! Avec mon ami, Sigmund Rescher, nous avons mis au point l'AZ-4. C'est grâce à l'AZ-4 que j'avais compris ce que c'était que les neurones. On voulait faire parler les traites, mais le cerveau se protéger. C'était comme une machine Enigma en fin de compte. Crypté ! Je savais que l'informatique allait un jour prendre le dessus sur nous. Et je ne me suis pas trompé. Tu vois ? Cette évolution ne te fait-elle pas peur ? (Un silence) Plus personne ne s'y retrouve ! Même les religions ne savent plus comment faire pour survivre face aux progrès.
Elle n'écoutait pas vraiment ce qu'il disait. Les paroles du vieillard résonnaient comme des grésillements dans ses oreilles.
- En parlant de religion, j'ai fait croire à ce pauvre Eddy que le vrai Coran se trouvait dans cette mosquée. Encore un naïf.
J'ai décidément rencontré que des naïfs dans ma vie.
Silence.
- Je vais enfin pouvoir venger tous ces nazis. Et tu veux savoir pourquoi Mélina ? Silence.
Juste parce que je suis fan !
Mélina était soudainement absente, comme un ordinateur dont l'écran s'éteint après quelques minutes sans manipulation.
- Tommy ne pourra plus te sauver désormais. Maintenant que j'ai la fille, il me suffit d'écrire ce ver informatique dans ce même langage de programmation et de le lancer. C'est la faille du système. Grâce à ce défaut, je peux tuer tous les gens implantés.
Juste parce que je suis fan, répétait-il.
- Pourquoi Flora Jung a-t-elle tué ses enfants ?

– Il m'a fallu lui raconter ce que je t'ai raconté. Les fanatiques de Dieu sont partout, Mélina. La lettre que tu as lue tout à l'heure, fausse évidemment, a été rédigée de ma propre main. (Il ricanait encore). Et puis en fait, inutile de te dresser la liste de tout ce qui est faux. Je crois que tu as compris.
– Flora Jung avait laissé un code au mur !
– Oui, parce qu'elle voulait que tu viennes jusqu'à moi pour que tu comprennes pourquoi elle avait tué ses enfants. La raison : Parce qu'elle croyait en n'importe quoi !

40.

Edmund écrivit le ver informatique en une quinzaine de minutes. Puis le vétéran procéda à quelques manipulations destinées à augmenter la fréquence cardiaque de l'enfant. Mélina avait l'impression qu'Helga allait exploser par l'intensité de ses convulsions.
 Mais qu'est-ce que tu fous Tommy ?
 — Cela t'impressionne ? ricana Edmund. Des milliards de gens vont convulser jusqu'à la mort dans très peu de temps.
Mélina regarda l'écran où elle vit la représentation graphique du réseau Mona Lisa. Des milliards et des milliards d'individus assimilés à de vulgaires ordinateurs allaient succomber dans quelques minutes.
 Edmund se mit à tourner en rond dans la pièce. Il réfléchissait. Il n'avait aucune envie de revenir en arrière. Il ressassait seulement toutes les instructions de son programme diabolique pour que le résultat final arrive à la hauteur de son envie.
 Puis un moment de calme.
 Mélina n'avait pas prononcé beaucoup de mots durant l'ensemble de cette intense conversation avec le diable. Même s'il ne lui avait guère laissé le loisir de répondre, elle aurait pu parler. Non, elle avait préféré le regarder. Attendre. Ses cordes vocales s'étaient désactivées.
 Elle repensait à Billy Emman qui lui avait confié : « J'ai fait l'erreur de vendre des patients à des scientifiques ». Edmund Jung en faisait partie. Mélina avait honte de tout. De sa vie surtout. Elle éprouvait le sentiment étrange d'être une bonne à rien. Un défaut. Tel un ordinateur sans antivirus, elle s'était laissé infecter par tous ces vers informatiques que diffusent les articles et les vidéos sur les théories du complot. Toutes ces années perdues à chercher à trouver une explication au chaos du monde…

Le monde a toujours vécu au bord du chaos, se résigna-t-elle.
– Nous voilà bientôt prêts à détruire le cerveau de trois milliards d'individus.
Il jubilait.
- Demain, plus rien ne sera comme avant. Car la mort de trois milliards d'humains risque d'en tuer un milliard de plus. Ce qui signifie qu'il restera environ quatre milliards d'individus sur terre. Le monde reviendra en arrière. La bourse chutera au maximum. Le monde repartira de zéro. (Il laissa un silence). Si tant est qu'il en reste, parce que tout cela ne manquera pas d'entraîner des guerres. (Court silence). Peut-être même n'y aura-t-il plus personne. Le national-socialisme aura englouti le monde, faute d'avoir cru en lui.

À l'aéroport, Eddy tenait dans ses mains la seule photographie d'Helga, sa fille qu'il venait de vendre en échange de sa liberté. Elle allait certainement mourir dans quelques heures, alors il déchira le cliché et le jeta dans une poubelle.
Il se dirigea vers un combiné téléphonique, le décrocha et tapa le numéro de la police nationale.
Les policiers ne crurent pas vraiment son histoire, mais il insista énormément arguant qu'il ne s'agissait pas d'une blague. Son intuition lui soufflait que sa fille était désormais prisonnière de cette Mélina Gigarri. Et il venait en informer les services judiciaires.
Puis il prit son avion et quitta définitivement le sol français.

41.

La Mitsubishi venait de vivre le plus douloureux moment de sa vie. Tommy avait accroché pas moins d'une trentaine de voitures avant de rejoindre le manoir Alcôve. Il sortit l'arme de la boîte à gants, passa le portail et atteignit la petite chambre de l'enfer.
Mélina ressentit un immense soulagement. Elle lui ordonna

silencieusement de tirer sur Edmund Jung.
 Ce dernier pivota sur place, comme s'il avait senti une autre présence. Il n'eut pas le temps d'envoyer le ver informatique à travers le réseau. Tommy lui avait déjà tiré dessus.
 – Espèce de vieux fou ! lança Tommy.
 Il s'approcha du corps âgé à terre.
 – Il a encore sauvé sa petite sœur, chuchota le vétéran à voix basse.
 Cette phrase provoqua un court-circuit dans le cerveau de Tommy.
 Oui, je me souviens de toi…
 Tommy se dirigea vers Mélina.
 – Non, protesta-t-elle. D'abord l'enfant.
 Il s'exécuta puis libéra Mélina, mais la réincarnation du diable n'avait pas dit son dernier mot. Il se releva tellement rapidement qu'il donna l'impression de se régénérer malgré ses blessures, mais le sang coulait beaucoup, et il fallait faire vite.
 Mélina se jeta contre Tommy pour le protéger de la balle que venait de tirer le vieux fou. Au même moment, elle donna un coup de pied à l'aveugle et désarma Jung de son revolver. Ses hôtes ne lui laissèrent pas le temps d'actionner le verrouillage de la porte, ils s'étaient déjà échappés avec l'enfant.
 À 9h 30 du matin, ils étaient tous revenus à l'intérieur de la Mitsubishi. Tommy tremblait tellement qu'il ne parvenait pas à faire glisser la clé de contact. Elle tomba sur le sol. Mélina se figea de peur devant la statue du nazi qui s'était soudainement plantée devant la voiture, l'arme à la main et le visage totalement inondé de sueur. Heureusement, le pare-brise et les carreaux de la Mitsubishi étaient blindés. Une scène vraiment digne d'un film d'horreur où le méchant – incarné par Jung – était indestructible, même sous l'effet de la bombe atomique !
 Mais, ils n'étaient pas dans ce genre de fiction… Et l'ancien nazi n'était rien d'autre qu'un humain mortel.
 – Grouille-toi Tommy, grouille-toi !
 – Je ne la trouve pas.

Sa main cherchait partout sous le siège.
Edmund Jung tira trois coups sur le pare-brise. Le premier produisit un impact, le deuxième le fissura de long en large, et le troisième l'éclata en miettes.
Au premier coup de feu, la main de Tommy frôla la clé sous le siège. Au deuxième, il l'empoigna. Au troisième, il démarra la voiture. Le pied de Mélina enfonça l'accélérateur.
Le pare-chocs heurta le vétéran de plein fouet.
— Il y a un mur ! cria-t-il.
— Il faut l'écraser contre, hurla Mélina. Attache-toi.
Tommy boucla sa ceinture en deux secondes.
Le choc avait presque coupé le corps du vieillard en deux. Un jet de sang jaillit de sa bouche. Tommy recula.
Le corps du vieux nazi glissa à terre. La tension se dissipa.
Le physique de la Mitsubishi avait désormais bien besoin d'une chirurgie esthétique réparatrice.

42.

Tommy avait tué quelqu'un. Pourtant, il ne ressentait aucune blessure émotionnelle. Rien ne lui pesait sur la conscience, puisqu'il venait de sauver le monde. Et Mélina. Surtout Mélina. Helga se réveilla paisiblement.
— Où peut-on l'emmener ?
— Je n'en sais rien, répondit Mélina. Partons le plus loin possible.
Ils traversèrent une route bordée de champs. Au loin, un hangar que Mélina regarda avec le plus grand dédain. C'était dans ce genre d'endroit qu'on avait retrouvé les seringues d'AZ-4. Cette information avait constitué le premier ver informatique qui avait infecté son esprit pour la transformer en adepte de la conspiration.
« J'ai honte », regrettait-elle.
Tommy trouvait étrange qu'Helga soit toujours en vie. Edmund avait extrait le fichier où se trouvait le code source et la grammaire

du langage de programmation ML+. Il était persuadé que ces fichiers-là étaient hautement protégés.
- Est-ce que tu l'as vu extraire le fichier ? questionna Tommy, très tendu.
- Quoi ?
- Je veux dire, reprit Tommy, est-ce que ça lui a été facile ?
- J'en sais rien. Ça avait l'air.
- Normalement, ça n'aurait pas dû l'être. L'extraction des fichiers aurait dû la tuer instantanément.
Alors pourquoi ça n'avait pas tué la petite Helga ?
Tommy stoppa net. Son coup de frein laissa une trace noire de cinquante mètres sur le goudron.
- Qu'est-ce que tu fous ?
Il se retourna vers Helga.
- Qu'est-ce qu'on fait ? demanda Helga.
- Reste dans cette voiture, ma petite. Mélina, sors de là. Fais-moi-confiance.
Helga voulut sortir, mais Tommy avait actionné le verrouillage des ceintures arrière. Il sortit de la voiture et la ferma à clé.
Helga, une nouvelle fois prisonnière, hurlait.
- Il faut courir Mélina. Courir. Cette fille est devenue une bombe à retardement.

Après quelques mètres de course, la voiture explosa. La mort accueillit alors le sixième enfant. Flora Jung en serait ravie !
L'explosion produisit une énorme secousse qui les plaqua au sol.
Les agents du GIPN encerclaient le champ pour tenter d'exterminer les deux fichiers malveillants qu'étaient devenus Mélina et Tommy pour la société. L'appel d'Eddy avait donc bien fait réagir le ministère de l'Intérieur. Plus moyen de s'enfuir... Ils étaient tous les deux affalés sur cette herbe humide attendant leur fin.

J'ai fait de toi une terroriste. J'ai fait de toi une terroriste. Les paroles d'Edmund Jung résonnaient comme un mantra dans son esprit.
Et lorsqu'on voit un terroriste, il faut l'exterminer.
Et Mélina était bien devenue une terroriste puisque Eddy était parti de France. Et comme elle avait la fille dans sa voiture avec elle, on l'accuserait d'avoir tué les hommes dans la mosquée de Paris. Un acte terroriste !
C'était trop pour Tommy. Une enfant de huit ans venait d'exploser dans sa Mitsubishi. Case prison obligatoire. Il faudrait tout expliquer, mais il venait également de tuer un vieillard. Et Mélina avait supprimé Billy Emman.
Les larmes ne parvenaient pas à sortir.
Elle s'était fait avoir par son propre passé.
Elle n'avait pas été qu'une affaire en veille pour Edmund Jung.

15 jours plus tard.

Le Président de la République, Georges Derniss, pénétra dans la cellule de neuf mètres carrés dans la prison pour femmes de Fleury-Mérogis. Le fichier malveillant y restait en quarantaine depuis déjà quinze jours.
Mélina passait ses journées à regarder le plafond. Elle ne mangeait presque rien, avait déjà perdu cinq kilos, ne se maquillait même pas et refusait toute sortie.
Elle avait demandé à plusieurs reprises un contact avec Tommy pour lui demander pardon. En vain. Il avait été transféré dans une autre prison en province.
Comme l'homme qui venait d'entrer n'avait pas émis le moindre son, Mélina en conclut qu'il ne s'agissait pas d'un gardien. Elle ouvrit à peine les yeux pour voir qui c'était. Tout prisonnier aurait été surpris de recevoir la visite d'un chef de l'État.
Pas Mélina.
Elle parvint à se lever. Le Président s'assit à côté d'elle.

– Je suis peut-être le seul homme, avec Monsieur Tommy, à comprendre ce qui s'est passé pendant cette soirée.

Elle resta silencieuse plusieurs secondes, puis commença

– Il n'y a rien à comprendre, vous m'aviez reconnue au ministère de l'Intérieur sur les enregistrements. Vous saviez que c'était moi. Pourquoi ne m'avez-vous pas arrêtée ?

– J'étais déjà parti : un autre fou avait tué deux hommes dans la mosquée. Tout comme toi, il s'est laissé prendre par la théorie du complot. En revanche, il s'est vite rendu compte qu'il avait fait erreur. Alors, il a rendu cette fille.

Des larmes commençaient à couler sur son T-shirt gris.

– Vous m'avez laissée seule face à tout ce mal.

– De toute façon, ça ne servait à rien. J'avais l'impression que tu étais ce genre de commissaire impossible à remettre sur le droit chemin. Je me trompe ? C'est du moins ce que nous a dit Tommy.

Mélina baissa la tête. Il avait raison, Tommy l'avait tant de fois mise en garde ! Mais elle ne l'avait pas écouté.

- Avec cette fille, ce vieux schnock aurait pu détruire la planète !

- Vous le saviez !

- Je connaissais les failles du système informatique. Billy aussi. Toute la soirée, il n'a voulu que protéger son traitement. C'est lui qui a fait tuer Sheila. Mais c'était aussi pour te protéger toi. Parce qu'elle commençait à te raconter n'importe quoi. Entre parenthèses, elle ne manquera à personne. Ce n'était qu'une terroriste sur le point de récidiver. Mais à cause de toi, nous ne pourrons certainement plus jamais garantir la prévention de cette maladie. Le programme informatique étant d'une complexité trop extrême, on ne pourra plus jamais en corriger les failles. (Un silence). Tu as raison, c'était bien une idée d'expérimentation nazie. Edmund Jung, alias Hermann Shaeffer, avait écrit : un jour, nous pourrons soigner les maladies dégénératives en stockant les souvenirs dans une mémoire artificielle. Voilà, mot pour mot. C'est tout.

Elle ne pouvait arrêter ses larmes.
- C'est aussi Edmund Jung qui est à l'origine de ce génocide des jeunes ?
- Oui, répondit le Président. Il avait envie de répondre « Et alors ? », mais se retint. Avec ton ami, Georges Béliec, et Monsieur Hélium qui ont beaucoup aidé Edmund Jung.
Elle était tellement bouleversée que l'image de la mort de ces deux hommes devant l'entrée du ministère de l'Intérieur n'arrivait pas à se construire dans son esprit.
- Vous avez menti au monde.
- Oui et non. Il faut mentir au monde. Il ne fallait pas ébruiter que l'AZ-4 – un produit qui peut soigner, ou tuer – sortait de cette clinique miraculeuse pour tuer des jeunes gens parce qu'un vieux fan d'Hitler voulait, en quelque sorte, le venger. Ce hangar n'a jamais existé Mélina, mais ce n'est pas grave. Cela ne servait vraiment à rien d'entacher encore l'image de l'Allemagne.
- Vous savez donc que je n'ai rien à y voir, s'écria-t-elle.
- Cela n'empêche pas tes actes. La naïveté n'est pas une excuse. Et puis, tu as tué le professeur Billy Emman. Pas officiellement. Nous avons fait croire au monde qu'il s'était suicidé.
- Il y a des millions de gens qui croient en la théorie du complot, répliqua-t-elle.
- Eh bien, ce ne sont que des crétins. Ça fait des milliers d'années que des gens comme toi essayent de trouver une explication. Et ça commence vraiment à être pénible. Oh, bien sûr il en existe des complots... comme mentir sur la mort du professeur Billy Emman. Mais pourquoi les gens ne veulent-ils pas comprendre que c'est comme ça ? Qu'il faut parfois mentir. Ces mensonges n'empêchent pas le monde de continuer à tourner.
- Aidez-moi. Et Tommy, sortez-le de prison...
- Vous avez kidnappé et tué un enfant malade dans l'enceinte d'une clinique privée.

© 2015 - Eliott Criffor
Edition: BoD - Books on Demand
12/14 rond-point des Champs Elysées, 75008 Paris
Imprimé par Books on Demand GmbH, Norderstedt, Allemagne
ISBN : 9782322038732
Dépôt légal: décembre 2015